La Maldición del Cangrejo

Pablo Poveda

ISBN: 1539963330
ISBN-13: 978-1539963332

DEDICATORIA

A ti, por leerme, por hacer esto posible.

A Agata, por apoyarme.
A mi familia, por sus ánimos.
A mi hermano, por ser insaciable y asesorarme.

Pero sin duda, a todos los que me habéis apoyado hasta el momento, en especial a Isabel Mata Vicente, Irlanda Osorio, María de Krazy Book Obsession, Ricardo Díez, Sandra Redondo, Lucas Alcón, Silvia García Arroyo, José Menjibar Rodríguez, José Ramos, Laura Gutierrez, María Carvajal, Norma Muñoz, Mayte Pintor, Maria José Noguera, José Espinal, Viviana Quijano, Jhonathan David Campos Sanchez, Gabriella Manerba, Ignacio Bello.

La mayor rémora de la vida es la espera del mañana y la pérdida del día de hoy.

Séneca

1

Los rayos golpeaban la cómoda de roble que había junto al cabezal de la cama. Cogí la copa de vino y di un sorbo, arrugué el rostro, estaba fuerte, aunque no era para tanto. Miré a mi lado izquierdo y un ángel de cabello dorado y oscuro dormía sobre su brazo, bajo una sábana blanca. Se llamaba Valentina. Ay, Valentina, qué bien lo habíamos pasado la noche anterior. Me levanté sin entorpecer su visita a Morfeo, agarré los calzoncillos y ágil salté de la cama.

Ella abrió los ojos, yo miré por la ventana. Hacía un día estupendo.

—¿A dónde vas, Gabriel? —dijo somnolienta.

—A por el desayuno —dije—. ¿Hay algo abierto por aquí cerca?

Desde la ventana de aquel cuarto piso observaba una cala bañada de mar de cristal, casi vacía debido a la temprana hora de la mañana. Palma era una ciudad de rincones, de aventuras y de secretos escondidos. Nosotros éramos uno de esos secretos. La bonita Valentina apenas rozaba los veinticinco. Nos conocimos de casualidad, una de esas coincidencias rebuscadas que empiezan en las barras de los bares, entre vasos de cóctel y taburetes de cuero. Así nos conocimos, una noche cualquiera, uno de los primeros días de las merecidas vacaciones que decidí tomar. Me dejé llevar, lo reconozco, pero supo tan bien que quise repetir. Asentado en un hotel costero de balcones con vistas, Valentina fue la carambola del amor que buscaba a su bola negra entre tanto turista bronceado, nervioso por meter la mano entre los vestidos de las isleñas. Me acerqué a ella con un vaso de ginebra en la terraza de un barco discoteca y horas más tarde tomábamos un taxi que nos llevó al otro lado del paseo, dejando atrás los molinos, los bloques de apartamentos y el furor nocturno de la isla.

Era el tercer día que amanecía entre sus piernas aterciopeladas y la brisa única del acantilado que teníamos frente a nosotros. No tardé mucho en darme cuenta de que aquel apartamento no era suyo, tampoco de sus padres, mucho menos de un familiar lejano y ni pensar en alquileres. El piso, un coqueto estudio con suelo de mármol, escueto balcón y vistas al mar, era propiedad de su amante. Ella no dijo nada y yo preferí no preguntarle, aunque cabía la posibilidad de que el susodicho apareciera tarde o temprano y con cara de pocos amigos.

—Vuelve a la cama —ordenó—. Todavía es pronto…

Tenía un mal presentimiento. Algo no encajaba.

—Voy a dar una vuelta —contesté—. ¿Café y cruasán?

Valentina se dio la vuelta cuando un claxon sonó desde el exterior. Levantó la cabeza y me miró.

Me puse los pantalones, me abotoné la camisa y recogí mis pertenencias. ¿Cómo lo hizo? Todavía me lo pregunto.

Al abrir la puerta apareció un hombre con el cabello engominado hacia atrás, con polo de color amarillo y cuello levantado, pantalones cortos de color caqui y Rayban antiguas. Un hombre con cara de desencanto, de dolor en el pecho y corazón roto. La arteria de su cuello, abultada, enrojecida.

—¿Tú quién coño eres? —dijo guardándose las llaves del apartamento. No se había equivocado —: ¿Valentina?

Ella se cubrió con la sábana.

—¡Rodrigo! —contestó—. Te lo puedo explicar.

Ya conocía la historia, sabía cómo terminaba y, después de todo, estaba de vacaciones.

—¡Serás guarra! —gritó.

Intenté despedirme a la francesa, pero me cerró el paso —: Tú no vas a ninguna parte.

Y sacó una navaja de su bolsillo.

—Cálmate, Rodrigo —rogó Valentina, pero él ya no escuchaba.

—A ti —me volvió a gritar—. Sí, a ti. No sé quién eres, pero te voy a cortar las pelotas.

A veces dialogar está de más. Dicen que la violencia es el último de los recursos, que todo se puede solucionar con la palabra y la razón. Rodrigo no parecía una de esas personas a las que les gusta sentarse en una mesa y discutir el por qué me había acostado con su chica, fuese como fuese. Rodrigo llevaba tanta gomina en el pelo como odio dentro de sí, y no iba a dudar en cortarme los testículos con su navaja manchega.

Cogí la copa de vino, que estaba todavía sobre la cómoda, y se la tiré a la cara. Se escuchó un alarido. La suerte, una vez más, estaba de mi lado. El cornudo no supo esquivarla y la recibió de lleno en los ojos. Ya le había dado motivos suficientes para rebanarme lo que quisiera.

Salí de allí corriendo, sin despedirme de Valentina, escaleras abajo, como si no hubiese nada más importante que correr, porque, a veces, no lo hay, y eso es así. Correr y correr hasta que la muerte nos separe de la vida porque otro bastardo corre tras nosotros.

A lo lejos, escuché un golpe, un llanto tardío y a Valentina entorpeciendo sin éxito la fuga de su ligue.

Llegué a la calle, vi un BMW Z3 de color negro, descapotable y mal aparcado. Era el coche de aquel capullo. Seguí corriendo hacia un taxista apoyado en la puerta de su vehículo, con un cigarrillo pegado a la comisura del labio y una gorra de Zumosol.

—¡Al puerto! —le grité a varios metros.

Nos metimos en un Ford Sierra antiguo con olor a viejo, tiró la colilla por la ventanilla y el hombre, dispuesto a jubilarse pronto, arrancó.

—¿Hay prisa? —preguntó y se rio.

—Déle, déle caña —contesté—. Que se me escapa el ferry.

—A mandar —dijo y pisó el acelerador.

Tenía el corazón en un puño, el puño en el estómago y las tripas bailando sevillanas en lo más profundo de mi ser.

¡Ay! Valentina, iba a pagar por mí y por todos mis compañeros de cama anteriores . Pobre chica, pensé. No supo jugar bien, aunque tal vez sí, y no era la primera vez. A lo mejor, ese borrego la perdonaría, porque, ya se sabe, a falta de cuernos, buenas son piernas, y Valentina tenía unas piernas muy bonitas. Si la gente supiera la de historias que hay tras las puertas de los apartamentos, se espantaría. De hecho, se asustaría al verse dos veces frente al mismo espejo. Ese toque mágico de locura que habita cada rincón, cada segundo de nuestras vidas, para aliñar y desordenar un poquito, sólo lo justo, darle la magia al día, la conversación, tener algo por lo que pensar. Si todos fuésemos tan buenos y la vida no fuera tan cara, vivir sería una actividad como la pesca, en la que sólo tienes que esperar y la mayor parte, es una cuestión de fe. Valentina era un hada madrina perdida, jugando con la confusión de su propia flor, de lo prohibido, quitándole a otras lo que tampoco les pertenecía. Y así, la vida pasaba.

En la radio, de fondo, el locutor hablaba en un balear más parecido al catalán que al acento ché de mi zona. Paco de Lucía tocaba la guitarra y yo por la ventanilla olfateaba el aroma de las churrerías y de los restaurantes de playa.

—Míralo, ¿será posible…? —exclamó el taxista mirando por el espejo—. Está chalao el tío ese.

Le noté asustado, levantando la vista por el retrovisor, y me di la vuelta cuando vislumbré el morro oscuro del Z3 acercándose más y más; y a un Rodrigo siempre engominado, sin que le afectara el viento, rojo como una sandía y a punto de estrellarse contra nosotros.

—Déle, déle gas —ordené sacando la cabeza—. Déle esquinazo, que viene a por nosotros.

El viejo se encogió de hombros.

—¿En qué lío te has metido, joven?

—En uno de faldas —contesté—. De faldas bien cortas.

—Mare de Déu… —murmuró—. Debí quedarme donde los alemanes.

El Ford Sierra despegó del suelo, apreté mis nalgas contra el asiento. El taxista, con una expresión estreñida al borde del paro cardíaco, sorteaba callejuelas y jubiladas con carros de la compra que aparecían entre los coches. Mi mano apretaba en el reposa-cabezas del asiento del copiloto, la guitarra flamenca de algún calorro sonaba de fondo y yo rezaba a todos los calendarios descoloridos de vírgenes y a las fotos de Cristo que el hombre guardaba en el salpicadero.

Con los ojos apretados me giré hacia atrás y no vi nada.

Sonó una campana de la torre de la iglesia.

—Vaya, vaya... —dijo el taxista y comenzó a reírse, a carcajear, a desencajarse allí mismo, con el coche parado—. No te importará que me fume uno, ¿verdad? Mi mujer no me deja, ya sabes...

Yo miraba a mi alrededor sin poner mucha atención a lo que me decía

—A estas alturas, mejor tutearse, joven. A mí no me importa, ya me ves.

Lo volví a ver, más rápido, más acelerado, embellecido por el fuego infernal que rodeaba su cabeza.

—¡Arranca!

Quemó rueda el asfalto, chilló el neumático, el asfalto y un niño que se comía un helado junto a su madre cuando mi chófer hizo salpicar un charco en su cara. Alcanzamos los 130 kilómetros por hora, en pleno centro de la ciudad, haciendo activar un conjunto de melódicas sirenas de varios coches patrulla que se encontraban de servicio. Con los intestinos revueltos, a punto de desteñir como un calamar, deseé que aquel Ford Sierra fuera un Delorean y que la ficción del cine fuera tan cierta como los anhelos de los niños. Deseé que al final de la rambla no hubiera playa sino una línea temporal que me llevase al año 2015 o al que fuese, pero lejos para no ser atrapado. Sin embargo, como decía la canción, los sueños, sueños son, y aquello era una fuga en toda regla por haber dormido en la cama de quien no debía. Mi sorpresa llegó al ver la cara del taxista, sonriente, pasándolo en grande.

Subió el taconeo de la radio y me regaló unas palmas.

—Olé, olé —decía—. ¿Tú sabías que de joven fui piloto de carreras?

Era justo lo que necesitaba escuchar.

Tras nosotros, dos coches de policía local, el BMW Z3 descapotable y una marcha de modernistas, motorizados en sus Vespa Primavera, apartándose como moscas con la llegada de las patrullas.

De nuevo, la suerte marcaba otro tanto a mi favor cuando un autobús de dos plantas, infestado de turistas sin camiseta, salía de una de las perpendiculares a la rambla.

El taxista pisó a fondo el acelerador, esquivando con un viraje la trompa del elefante sobre ruedas y dando esquinazo a la cabalgata que llevábamos detrás. Segundos después, se escuchó un fuerte golpe, un choque en cadena, bocinas, más golpes, sirenas rotas, cristales, ambulancias.

Conforme nos alejábamos por las callejuelas de un barrio de calles sucias y fachadas manchadas de spray, el alboroto se quedaba atrás y por la radio el locutor nos regalaba esa noche de amor de la que hablaba Triana.

Viajamos en silencio el resto del trayecto. Vi los barcos, el crucero cargado de eslavos que llegaban con ganas de quemar la noche y otros que subían llevándose poco más que una borrachera. El olor a alquitrán y aceite me despertó. El mar me recordaba a mi casa y encontrarme junto a él me ayudaba a mantener los pies firmes. La gente de costa necesita estar cerca del mar si no quiere morir deprimida en un chalé en la montaña. No lo digo yo, lo leí en un dominical provincial.

Estacionamos en doble fila junto a un contenedor de residuos portuarios. Saqué la cartera y le di casi todo lo que tenía.
—Guárdatelo, anda —contestó con una sonrisa natural entre la barba blanca de la desgana—. Mare de déu, hacía tiempo que no me lo pasaba tan bien.
—Le vendrá bien para… los gastos —insistí.
—¡Qué va! —dijo—. Le echarán el muerto al del coche bonito, que para eso lo tiene y lo paga.
—Gracias —respondí.
—A ti —me dijo —, aunque te voy a decir una cosa. La próxima vez no tendrás tanta suerte. No te creas tú que todos son como yo.
—Ya, ya lo sé. —Se estaba enrollando demasiado. Escuché el ruido de bocinas—. Me tengo que marchar.
—¿Te he dicho que de joven fui piloto?
Salimos del Ford Sierra y me fui dando brincos hasta la caseta de billetes. Miré por última vez al coche. Un cigarrillo se aguantaba por sí solo en el labio inferior de aquel hombre, el mismo que me saludaba con la mano como el padre que dice adiós a su hijo antes de marchar de excursión.
Una vez dentro del barco, subí hasta la popa, donde se encontraba el bar y la terraza. El sol brillaba reflejando en el mar, las parejas se abrazaban junto a la baranda, forjando un recuerdo basado en el cine; las gaviotas sobrevolaban los alrededores, los niños tiraban chuscos de pan sobrantes del bocadillo matinal; turistas enrojecidos y deshidratados, ocultándose bajo gafas de sol y sombreros de paja. Paz y también gloria. Me jacté de lo sucedido, dándome una palmada en la espalda, dándole las gracias a Dios por cruzarme con aquel buen taxista.
Di un segundo trago a la cerveza, tan fría como el carácter de Blanca Descartes, sí, la misma, y pensé en ella, allá donde estuviera, allá con quien se encontrara. Por ti, Blanca, dije para mis adentros y brindé.
Entonces escuché un alarido, una fuerza perturbadora en

el ambiente, el grito de un gorila enfurecido.
—¡Hijo de perra! —se escuchó—. ¡Te voy a matar! ¡Hijo de la grandísima perra!
Reconocí esa voz. Era él. No supe cómo pero había llegado hasta allí. La suerte tan sólo me dio un respiro.
El silencio pulcro fruto del miedo, la gente apartándose de la senda. Al girar vi a Rodrigo con la camisa desabotonada, una cadena de oro sobre su cuello y el cabello engominado. Estaba colorado y mostraba varios cortes en la cara. Arremangado, dejando al trasluz un reloj de oro, agarró una mesa y como un bruto la lanzó contra mí.
—¡Te voy a matar! —gritaba con la mandíbula desencajada—. ¡Ven! ¡Valiente! ¡Te voy a matar!
Después de la mesa, me lanzó una silla y también una tumbona de playa. Continuó con una botella, un vaso, un florero y hasta un tenedor.
Propio de mi valentía, corrí por la cubierta, pero el susodicho me cerraba el paso, lanzándome objetos mientras me movía.
—Ahora qué, ¿eh? —dijo a varios metros cuando sacó, de nuevo, la navaja de su bolsillo—. Venga, valiente, ven aquí.
—Podemos hablarlo, Rodrigo —dije ahuyentándolo con las manos—. Todo tiene arreglo.
—No pronuncies mi nombre —contestó furioso—. ¡Te voy a matar!
Rodrigo embistió con su grasienta cabeza, llena de gel capilar, contra mi cuerpo. Audaz y con garbo esquivé su ataque como buen torero. Se escucharon varios "olé" y yo saqué los labios hacia fuera. Más rápido que él, vi su espalda y no dudé en abatirlo de un golpe, pero solo desplacé el arma varios metros. Rodrigo se giró y me soltó un mandoble pugilista, y otro, y así hasta que caí al suelo. El público miraba decaído, podía escuchar su "oh" generalista, escéptico, y a algún niño que decía "lo va a matar papá". En el suelo, junto a la barandilla, en la punta de la popa, vi a Rodrigo recoger su navaja del entablado, vi sus náuticos marrones, su cabello perfecto, vi el rostro de

Valentina, la cara del taxista diciendo "olé, olé". Dejé la mente en blanco. Rodrigo se acercó a mí, la camisa entreabierta mostrando una lorza; el chillar de la mandíbula, tras varias rayas de cocaína; el cuchillo en la mano, buscando venganza.

—¿Ahora qué? ¡Valiente! —gritó—. ¿Ahora qué?

Desde mi posición, avisté sus tobillos y le asesté una patada que le provocó la caída, rompiéndole el labio. Malherido, me levanté, lo agarré del cuello de la camisa y saqué su cuerpo al otro lado de la cubierta.

—¡No! ¡No! —gritó—. ¡Al agua no!

2

El servicio de rescate sacó del agua a Rodrigo, aturdido, empapado por la lección de buceo recibida. Los guardias civiles me detuvieron con calma y pidieron que los acompañara a los calabozos del barco para tomarme declaración.

Media hora más tarde, uno de los policías garabateaba algo en un cuaderno de notas con cierta incredulidad en el rostro.

Por supuesto, tuve que omitir algunas de las partes de la historia.

—Pregúntenle a quien quieran —expliqué—. Me iba a clavar la navaja.

—Y afirma que esto ha sido por una mujer… —dijo el que esperaba en la puerta—. ¿Cierto?

—Que yo no he hecho nada —insistí—. Valentina, se llama Valentina. Estaba hace un rato en el barco también.

—Buscar a una Valentina en el barco —murmuró el que tomaba nota —, es como buscar una aguja en un pajar.

—Valentina —dijo el de la puerta—. A buenas horas, Valentina.

Debía de ser algún código secreto porque no me enteré de nada. Preferí seguir con lo mío, con la declaración y pensar en cómo salir de allí sin que me costara un ojo de la cara.

—Usted ha cometido una falta muy grave —dijo el registrador—. No sabe la que podría haber montado, señor Caballero.

El compañero se rio —: ¿A qué se dedica?

—Soy periodista —contesté.

—Ya —dijo impasible.

—Habrá escuchado hablar de mí —titubeé —: la historia de la chica de la secta…

—No, no me suena.

—Periodista —dijo el otro.

—Sí —contesté.

—Ya —dijo el anotador.

Los hombres me abandonaron en un calabozo improvisado con aspecto de bodega, para regresar dos horas más tarde. Tuve tiempo para pensar en mí, en lo que vendría después. No poseía muchas respuestas, no sabía cuáles eran las consecuencias de empujar a alguien por la borda. ¿Quién sabía esas cosas? Los guardias regresaron. Escuché el cerrojo moverse. Traían noticias consigo. El hombre que tomaba notas parecía agitado.

—Cuando regresemos a Dénia —dijo —, podrás presentar una denuncia… si quieres.

—Sí —dijo el otro —, si quieres.

De nuevo, hablaban de un modo críptico que no lograba entender.

—El señor Gracián —dijo el anotador —, no pondrá ninguna denuncia contra usted.

Recibí la noticia abriendo la boca.

—Sí —confirmó el otro las palabras de su compañero—. No pondrá denuncia alguna. ¿Y usted, señor Caballero?

El anotador se mofó. Había algo en mi apellido que les hacía gracia. Obvié preguntar.

—Entonces me dejarán marchar así —contesté—. Sin más.

—Sí. Sin más.

Que Rodrigo Gracián prefiriera no meterse en más líos no me sorprendía. Supuse que, en tal caso, alguien les tendría que explicar cómo había llegado ileso y en su deportivo intacto, tras los desperfectos ocasionados en la vía pública.

Ni yo tenía respuesta para tal oda.

No conocía a Rodrigo Gracián, pero mi olfato de periodista me decía que no era trigo limpio. Ya se sabía: alguien tenía que pagar todo aquello sin mancharse las manos y, no hablo de los accidentes, no; me refiero al coche, el apartamento, la chica bonita y los litros de gomina.

Llegamos a puerto y esperaba a que me sacaran de aquel zulo cuando crucé miradas con mi antagonista. Tenso, mojado y pálido como un calamar, caminó en silencio.

Una patrulla de los nacionales me esperaba en algún lugar del puerto de Dénia, en aquella bahía olvidada, retirada a los pescadores, a las gaviotas que estaban de paso y a los turistas que daban largos paseos aromatizados por los restos de pescado.

Los guardias civiles nos llevaron hasta un banco de piedra junto a la salida del barco, presos de las miradas de los viajeros, como animales de zoo.

—Están cometiendo un error, agentes —dijo Rodrigo—. Rodrigo Gracián. Acuérdense de este nombre.

—Amenazas las justas, que se le cae el pelo —dijo un guardia.

—Usted se vendrá con nosotros de vuelta —le dijo el anotador a Rodrigo—. Hay algunas cosas que nos tiene que aclarar.

—De usted —me dijo el otro reteniendo mi atención —, se van a encargar los suyos, los de aquí.

—Esto es cosa de las dichosas autonomías… —dijo el anotador.

—Ya se lo he dicho —contestó Rodrigo sentado en un banco—. Quiero a mi abogado delante. ¡Venga, coño! ¿Pero esto qué es?

—Cálmese, ¿no cree que ya ha hecho el suficiente ridículo? —le dijo el anotador.

Aquel hombre bravo, impotente y desquiciado, clavó sus ojos en mí, clamando piedad y silencio, diciéndome con una mirada que, si abría la boca, me rebanaría el pescuezo tarde o temprano, más temprano que tarde. Pobre, pensé. Le estaban dando el susto de su vida.

El Guardia Civil dijo algo por su walkie-talkie que no pude escuchar y lo volvió a colocar en su cintura.

Escuché unos pasos acercándose. Suela de goma sobre el pavimento. Botas de servicio. Los pasos se acercaron. No podía ver.

—Buenos días, agentes —dijo una voz grave, difícil de olvidar. Jamás pensé que tardaría tan poco en escucharla de nuevo —: Nos hacemos cargo a partir de ahora.

—Solo de ese —dijo el guardia anotador—. Al otro nos lo llevamos.

La voz cobró forma humana, una sombra cubrió el sol que acariciaba mi rostro y fue cuando lo vi, allí, delante de mí.

—Vaya… —dijo. No parecía alegrarse demasiado—. Señor Caballero.

Era Rojo, el oficial Rojo. No nos habíamos vuelto a ver desde el final de todo. Desde la despedida. ¿Qué hacía allí? Dénia no era su área y dudé que hubiera venido solo a recogerme.

Junto a él apareció un segundo policía con cara de pardillo, novel y un ímpetu sobrante para dejar claro quién mandaba.

—¿Lo conoces? —le preguntó. Era delgado, rubio y demasiado moderno para ser un policía, y digo demasiado porque el cuerpo no destacaba por ser el de un grupo de indies que trabajaban para le ley. Aquel joven no tenía aspecto de tipo duro aunque, bajo su mirada, podía sentir algo oscuro. Dolor, disciplina, una mala experiencia, tal vez.

—Sí —dijo Rojo—. Hablaremos de ello más tarde.

—Pues si todo está en orden —dijo el guardia anotador —, nosotros nos marchamos, que se nos escapa el barco.

Me superaba la guasa de aquel hombre.

—Eso —dijo el otro—. Se nos escapa el barco y después la parienta, ya se sabe.

—¿Qué parienta? —dijo el anotador.

—La tuya, la tuya… —contestó el compañero con más guasa—. Que yo de eso no tengo…

Y se escuchó al unísono una risa floja en la que yo también participé para mostrar camaradería y ver si ayudaba a que me quitaran las esposas, pero no surtió efecto. La carcajada colectiva decayó como el final de esos discos de pop donde las canciones sólo terminan en un infinito silencio. Se escuchó una palmada, el más alto de los guardias cogió a Rodrigo de un brazo y lo levantó a pulso. La mirada del adinerado volvió a cruzarse con la mía. Indicó que me mataría, o eso interpreté yo. Asentí con la cabeza, como asienten los perros al amo ante el amo cuando les muestra la zapatilla.

La Guardia Civil subió a bordo con el invitado mientras una cola de pasajeros, desesperados por cruzar el Mediterráneo, observaba a lo lejos elucubrando sobre la procedencia de aquel misterioso hombre.

—Ya me podéis soltar… —dije—. ¿No?

Rojo me miró a los ojos, desde arriba, ocultando el sol con su cabeza.

—Parece que nuestros caminos se vuelven a juntar — contestó. Después rascó su cara —: espero que tengas una explicación para ello.

—Estaba de vacaciones —contesté.

—Tú te crees muy listo, ¿verdad? —dijo el otro con los brazos en jarra.

—¿Me echabas de menos, Rojo? —contesté ignorando al otro—. Y te has buscado a un novato.

—Modera tu lenguaje —contestó Rojo y me cogió del brazo. Caminamos hasta un Citroën aparcado en la calle —: Contaba con que estuvieras lejos, bien lejos. Tan lejos que no tuviera que volver a verte nunca más.

—Pues ya me ves —dije—. ¿Qué hacéis aquí?

—Eso es confidencial —dijo el policía que le acompañaba.

Le miré con repugnancia.

—¿Sigues trabajando para la prensa? —preguntó Rojo.

—Supongo —dije.

Supuse bien o supuse mal, pero lo hice sin conocimiento. ¿Cuánto tiempo había pasado? ¿Un verano? Encerrado en la parte trasera de aquel coche que olía a limón y a vainilla y no a vicio y nicotina, me di cuenta de la página en blanco que quedaba por escribir de aquel lapso.
El compañero de Rojo encendió la radio.
—13-20, ¿me recibes?
—¿Qué pasa?
—Otro asalto de arma blanca. Calle Fénix.
—¿Cuántos?
—Esta vez dos, los dos heridos graves. Aviso a la ambulancia.
—Voy.
—Date prisa, anda. Están violentos y han perdido mucha sangre. Se han metido algo. Lo que no sé es cómo siguen en pie.
—Pues ya sabes.
—La juventud.
—Ya te digo, voy.
—Sí… Anda, ven.
—Que sí, coño. Estoy cerca.
Los mensajes se repetían. Situaciones similares sucedían en otros puntos de la ciudad.
—13-20, ¿dónde cojones estás?
—He tenido que llenar el depósito, ya voy…
—No me jodas.
—¿Qué pasa?
—Me ha desaparecido uno.
—¿Qué dices?
—Manda el aviso. Joder, en mi cumpleaños, lo que me faltaba…
—¿Pero cómo se te ha escapado? ¿Eres nuevo?
—Que se ha tirado al mar, así, sin más. Jodido loco de mierda. Manda el aviso, que no debe de haber ido muy lejos. Camisa azul, manchada de sangre. Y le habían dado cinco cuchillazos en el lomo…
Rojo apagó la radio y giró la cabeza desde el asiento del

conductor.

Once meses habían pasado, con sus días y sus noches, con lamentos en las baldosas de las calles. Once meses sin encontrarme con Rojo. Él me pidió ayuda para su investigación, yo le respondí que no, que necesitaba una pausa, que aquello no era para mí.

No volvimos a hablar del tema y regresé de nuevo al periódico como director adjunto, pues Armando Fuego me lo puso en bandeja tras la pérdida de aquel espárrago humano. Una plantilla renovada, un par de becarios verdes como lechugas y una chica gestionando un archivo que necesitaba más velocidad.

Tampoco duré demasiado.

La presión de los accionistas, por la falta de rendimiento económico, comenzó a hacer huella en mí como gestor de aquel cuadrilátero de imberbes reporteros. ¿Quién era yo para dirigir a nadie si era incapaz de tomar las riendas de mi vida? Creyendo ser el más listo de todos, dos meses después de mi ascenso, le dije a Fuego que se citara conmigo. Dos horas más tarde, era destituido. ¿Por qué? Mejor no saberlo. Tomé un sobre con dinero en metálico, porque entonces, era la orden del día y yo tampoco era un defensor del orden y la ley y el orden. Quizá por aquella misma razón, dejé de juntarme con Rojo, a pesar de anhelar su compañía.

Pasaron las navidades y mi vida no hacía más que resonar a la anterior. Mi vida se llenó de glamour y fama. Varias publicaciones de tirada nacional e internacional pusieron interés en mi historia y en mí, como personaje público. Me pagaban barbaridades por escribir artículos de opinión en los que hablaba de mí y de otros, de un estilo de vida único y mediterráneo. Con lo que gané durante los primeros meses me permití la entrada de un pequeño apartamento minimalista y con mejores vistas que el anterior. No necesitaba mucho y tampoco me gustaba la idea de acumular muebles innecesarios que ocuparan espacio. El espacio era una necesidad vital que siempre me había perseguido. No comprendía a esas parejas obsesas que aglutinaban en noventa metros cuadrados el último catálogo de Ikea. Una atrocidad como la de talar un bosque para hacerse un jardín. Espacio es aire y oxígeno para la vida, una ecuación anti-materialista capaz de romper mis relaciones con el sexo opuesto.

La calma y el sosiego íntimo me ayudaron a disfrutar de la ciudad ante mí, desde mi balcón, con el tocadiscos de fondo mientras veía la puesta de sol, dando sorbos a un frío botellín de cerveza. También cambié el viejo Seat Ibiza por un Porsche Boxter rojo de segunda mano. Era el maldito rey de la ciudad.

Sin embargo, la fama se esfumó al poco tiempo y la calidad de mis textos menguó a causa de las diarias resacas que acumulaba en el cuerpo. No supe controlar la situación, vivía la noche más que el día. Las mujeres, el exceso y las sombras del Casino de la ciudad que había en el puerto, entre Martinis, creyéndome ser el James Bond de la bahía de Alicante.

Arruinado, volvía a tener un problema grave con mi autoestima. El mundo giraba sobre una palabra, entonces de moda: viral. Mi historia fue viral, como un vídeo de Youtube, como una canción del verano. Lo viral. Todo el mundo hablaba de ello y yo no lograba entender de qué iba la historia. Internet y lo viral. Si yo era viral, entonces, ¿qué era internet? ¿Y los otros? ¿Quién creaba lo viral? ¿La audiencia o el reportero? ¿La propia noticia en sí? Y si lo viral era un sinónimo de dinero. ¿Era posible crear lo viral? ¿Había gente creando noticias virales? Estaba confundido. Tras la niebla, me di cuenta de que solo había sido testigo de una trama macabra digna de novela de barrio, de relato de estudiante. Una historia con varios disparos y una chica malherida. Un cuento con fecha de caducidad que me llevó al foso en el que se encontraban el resto de escritores pobres y con un ego sin valor alguno. Héroes anónimos en su casa a la hora de la cena. No había más. Todo era eso y sin embargo, insistía, perdido, deambulando por las calles del Barrio alicantino, entre los turistas perezosos que tardaban en irse de vuelta a sus países de origen. Las heladerías cerraban, las mesas seguían fuera. Llegó octubre, volvieron las chaquetas de cuadros escoceses, la humedad de la playa haciéndose frío. El kebab de la esquina bajaba los precios de las copas. No existían bares a los que ir sin que me sintiera un desconocido.

El mundo me había olvidado.

Pero no todo fueron dramas y sollozos. Perder el trabajo fue una buena idea. Ya lo creo que la fue.

El futuro del gobierno regional se veía muy turbio. La política en el país estaba a punto de explotar. El bipartidismo, la transición y todas esas cuestiones que no me interesaban al no estar relacionadas con el jazz, las mujeres o los bares, iban a cambiar años más tarde.

Las cosas parecían ir bien, pero era una apariencia. Solo eso. Nadie se libraba. Se escuchaban escándalos futbolísticos relacionados con la gestión de algunos miembros del Ayuntamiento. Maletines, sobres, campañas electorales. Engominados trajeados en la cárcel. Primero Castellón, después Valencia. Fórmula 1. Sobres, más sobres. Mensajes de texto. Crisis en el seno de los partidos. La mierda flotaba en todas las direcciones y llegaba hasta nosotros. Nos iba a salpicar a todos, incluso a mí.

Supuse que el diario sufriría los daños colaterales de la manipulación informativa cuando todo se destapara. El poco prestigio que le quedaba se iría por el desagüe.

Entendí, asentí y regresé al sobre que me habían dado. Tenía dinero de sobra para pensar, armarme de fuerza, recobrar el estilo y volver a la escritura.
Escribir una novela me traería de regreso.
Otro plan infructuoso que se quedó en una mera idea cuando una tarde de noviembre el sol se apagaba junto a la ventana, por la radio sonaba un cuarteto japonés haciendo versiones de Miles Davis en Radio3 y el timbre de mi casa sonaba por primera vez en mucho tiempo.
Desde la cocina ignoré la llamada y seguí cortando patatas para una tortilla que procedía a preparar.
Sonó de nuevo.
Agarré el cuchillo y dejé el tercio de tubérculo crudo en la madera. Me acerqué a la puerta. La ventana estaba abierta, la brisa de la calle acariciaba la cortina del salón.
Miré por el ojo de buey y abrí.
Era Blanca.
Blanca Desastres.
La chica de los malos despertares, el humor de un cítrico y la mirada del misterio.
—Hola —dijo y miró el cuchillo que sostenía en mi mano derecha—. ¿Esperabas a alguien?
—Eh… —contesté—. No. Blanca. ¿Qué haces aquí?
Junto a Blanca había una maleta pequeña con ruedas.
Vestía una blusa negra, una parca verde y unos vaqueros rotos ajustados. Su cabello era azabache, recogido; su mirada oscura como el carbón.
Blanca dio un paso al frente, me agarró de la cabeza y me besó. Sus labios se juntaron con los míos, allí, en el rellano, mientras el ascensor iba y venía y por las escaleras subía un aroma a pimientos asados.
Nos fundimos en un instante infinito, olvidándome de todo, de ella, de mí, de su presencia y de que seguíamos en el mismo lugar.
Blanca se despegó, pasó su lengua por mi labio inferior, acariciando mi barba de dos días, y me miró a los ojos.
Me quedé sin habla.

—¿Me invitas a pasar?

Un idílico romance de invierno. Ninguno de los dos supo cómo empezó, ni cómo acabó todo.

El día que Blanca se presentó en mi puerta, yo sabía a lo que venía.

Habían pasado varios meses desde que nos despedimos en la estación de tren, diciéndonos adiós con las manos, dejándolo estar, resistiendo encender la mecha de una caja pirotécnica de emociones que se consumiría con el abandono. Fuimos cobardes, fui un completo cobarde dejándola marchar, pero si lo hice fue porque había obtenido demasiado de Blanca.

Sin embargo, parecía que ella no pensaba lo mismo.

El día que Blanca se presentó en mi puerta, la invité a pasar.

Le dije que se pusiera cómoda, recibí varios elogios sobre algunos cambios que había hecho en el apartamento, sacamos una cerveza de la nevera y la bebimos mientras terminaba de cocinar.

Blanca había probado suerte en Madrid. La capital la acogió pero ella no quería abrazos. Me contó que lo sucedido la marcó y que, a causa de ello, un vínculo especial infinito se creaba en su corazón, un vínculo entre los dos.

Nos fuimos al salón.

Sorprendido, engullía la cena ante sus ojos. Ella, sentada en el sofá, aguantaba una lata de Mahou.

Continuó hablando de sí misma, de su vida en Madrid, de un chico que conoció que le pagaba las cenas. Me contó que Malasaña ya no era lo mismo, que trabajar como autónoma resultaba agotador y que el chico con el que quedaba dejó de invitarle cuando no se acostaba con él. Así era la vida, su vida, tan diferente a la mía, pero igual de oblicua, redundante y vacía.

Pensó en Barcelona, en Vigo, en Gijón, pero todo le desencantaba. Un día, tras una noche de jarana con dos amigas de la facultad, se despertó deshidratada y deprimida. La cabeza le daba vueltas y, cuando llegó ante el espejo, se dio cuenta de que tenía que volver a verme.

Quise aplaudir, pero no me lo permitió. Me hubiese cruzado la cara. Así que asentí, como quien escucha un relato de suspense. ¿Se estaba declarando ante mí? Bobo de mí, no me daba cuenta. Blanca prosiguió y lo dejó todo para venir a verme.

El tablero giró, la tortilla se había enfriado y no quedaba líquido en mi lata de cerveza.

Era mi turno.

La verborrea de Blanca me había sumergido en un ligero estado de embriaguez a causa del hambre y la falta de costumbre, la fuerza motora necesaria para dejarse llevar por los impulsos.

Me abalancé sobre ella, nos volvimos a besar, esa vez sobre el sofá. Los besos se convirtieron en arrumacos más intensos. Escuché sus gemidos. Nos desnudamos, rompí el sostén, lo lancé a la cocina y nuestros cuerpos entraron en contacto, más y más, subiendo la temperatura, sudando alcohol y deseo, tocándonos, dejándonos llevar, sin preguntas, sin comentarios, haciendo el amor en aquel sofá de terciopelo gris.

Una vez rota la veda y llegados a lo más alto, no había otra salida que dejarse caer. Y eso es lo que hicimos.

Absortos con nuestros cuerpos desnudos, la vida siguió mientras lo hacíamos sobre la mesa de la cocina, en la ducha, en la galería, en los baños de la Sala Stereo, una

conocida sala de conciertos en la que todas las bandas de renombre actuaban. Allá donde nos pillara, un calentón y una pérdida de control.
Vivimos en una burbuja de silencio, mentiras piadosas y ficción literaria, jugando a ser personajes de un libro con las páginas incompletas. Pronto nos daríamos de bruces contra la vida, tanto la suya como la mía: el dinero escasearía, si no lo estaba haciendo ya, debía buscar un trabajo, ¿vivir juntos? No estaba preparado para aquello, no todavía.
Bailamos noche tras noche en los bares de la capital alicantina, dejándonos la suela de nuestros zapatos a ritmo de soul y canciones de radio que ponían en los bares universitarios. No nos importaba mezclarnos entre la gente con la que no compartíamos más que una parte de la pista. Estábamos juntos, éramos invencibles, los héroes de nuestra noche. Resultaba mágico no dar cuentas a nadie, ser el protagonista de sus ojos, de los míos, de nuestra propia canción.
Poco a poco, fui descuidando los compromisos sociales que me quedaban, rechazando citas, cafés y reuniones de antiguos compañeros. Ellos tenían novias, hijos y trabajos. Todo lo indispensable para ser un ganador, ya fuese de clase trabajadora o burguesa. Eso dependía de cada uno, de su puesto de trabajo y de la lista de complejos que cargaba a su espalda.
Así y todo, me quería, poseía el amor propio que otros no tenían por mí y seguía luciendo bien.
Blanca y yo agotamos los cartuchos de pólvora y arrasamos con la munición que colgaba de nuestras caderas. Ella llegaba a su viaje final y yo apenas a fin de mes.
Volvió a Madrid por Navidad, la alcancé días más tarde. Conocí a su hermano, un joven simpático con aspiraciones a alcalde. Eran las dos caras de la moneda, aunque se compenetraban. Él guardaba un ápice de locura reprimida bajo los trajes a medida. Ella marcaba límites férreos en su

vida para equilibrar el constante desorden.
Me hospedé en una pensión en Alberto Aguilera durante el fin de semana y me dejé caer por las calles de Madrid mientras visitaba a su familia. Errante, así me sentía. La ciudad, hermosa, única, ofrecía la posibilidad de perderse, desaparecer. Aquel trató de ser un fin de semana invernal y romántico, de largos paseos por los parques, las callejuelas infinitas y enamorarse de nuevo viendo a lo lejos las luces de los coches que atravesaban la Gran Vía.
Llegada la noche, bajo el edificio Carrión, el gran cartel de Schweppes, iluminado por los tubos de colores, esperaba mirando a los coches que circulaban en sendas direcciones, a las mujeres con ropa de abrigo, a jóvenes grupos de tribus urbanas, al caos, a la vida. Esperaba a Blanca, a un tren de vida que no era el mío, a un final en blanco y negro propio de Nouvelle Vague.
Blanca llegó, me besó, parecía contenta, venía de ver a unas amigas, olí su aliento a alcohol. Guardé mis palabras de redención, los versos con sabor a catástrofe y me di un homenaje. Caminamos hasta un bar cercano a la pensión, pedimos cerveza, aceitunas y una ensaladilla. El Real Madrid remontaba un partido en casa. El bar estaba abarrotado de aficionados, comentaristas, indignados, optimistas. Todos unidos por una causa. ¿Existe algo más bello que la felicidad colectiva? No lo creo. Vivía en un país donde los bares actuaban como frontera entre la vida real y la imaginaria. El bar como amparo, derroche y confesionario espiritual, porque allí nadie lanza la primera piedra, ni tampoco hace preguntas.
En un rincón, espalda con espalda, Blanca y yo reíamos, bebíamos, asediábamos al camarero para que nos llenara las copas, impidiéndole ver la televisión.
—No sé adónde nos llevará todo esto… —dijo ella con una sonrisa.
Brindamos, nos miramos, de nuevo la química, el deshielo, el cortejo que rompía la distancia entre su cuerpo y el mío.
El Real Madrid ganó, presenciamos la euforia, la

esperanza. Vi en los ojos de aquellos hombres algo más que un sentimiento. Se escuchó un "olé".

—¡Pepe! ¡Ponme un gin-tonic! —gritó el que estaba a mi lado con una camisa rosa abierta hasta el pecho.

—¡Otro! ¡Que es el cumpleaños de Juanito! —añadió un espontáneo.

La máquina tragaperras cantó premio. El afortunado recibió una ovación. Sonó calderilla, montones de monedas caer como una tormenta de verano.

—¡Premio! —gritó uno—. ¡Mañana llevo a mis hijos a Casa Lucio!

Blanca y yo nos miramos, presentes del espectáculo castizo, fruto de la alegría, el resultado final y los litros de alcohol que corrían por las barras. Adiós crisis, economía sumergida y facturas de fin de mes. Adiós, amigos, como cantaban Ramones, pues el alcohol llegaba a mis neuronas. Ávido, pagué antes de que nos echaran, cogí a Blanca de la mano y nos deslizamos calle abajo hasta la pensión.

Hicimos el amor.

Nos enredamos bajo las sábanas. Aquel día no nos juramos amor eterno ni alta fidelidad.

No.

Dormimos abrazados bajo el amargor de la cerveza en nuestros paladares.

A la mañana siguiente me adelanté a Blanca y, tras una ducha, le dije que la esperaría en el bar que había junto a la parada de metro. Allí tuve tiempo a pedir un café solo, bien fuerte y escribir una nota de despedida para Blanca.

Era consciente de que todas las relaciones tienen un principio y un final. Solo las más prósperas, perduran hasta la muerte, dejando una incógnita en la ecuación de los años. El resto terminan en vida, aquí y ahora, y la nuestra había llegado a su fin.

Puede que todo hubiese sucedido demasiado rápido, que yo no estuviera preparado para seguir con aquel juego infame de libertinaje y falta de compromiso. Tarde o temprano, Blanca querría algo más, pediría ataduras, seriedad, buscando las respuestas en los modelos de pareja que la sociedad impone. Tal vez nos hubiésemos conocido en el momento más inoportuno de nuestras carreras, por llamarlo de alguna forma.

Bonita, ataviada con una cola de samurái y una blusa negra, entró con una sonrisa en la cafetería. El empleado sonrió y le preguntó qué quería. Blanca se sentó junto a mí, en un taburete de espuma y me besó en la mejilla. Follar le había sentado bien.

—¿Cómo estás? —me preguntó.

Di un sorbo de café y la agarré de la cintura, esa parte del cuerpo tan única, sensual y delicada de cada persona. El mover de las caderas, un mundo, un rito y un don propio de la esencia femenina. Con un movimiento discreto introduje la nota de papel en su bolsillo trasero, sin que se diera cuenta.

—¿Has dormido bien? —pregunté.

—He estado en sitios mejores… —contestó. El hombre puso un café con leche sobre la barra metálica. Blanca se lo agradeció y dio un sorbo —: ¿Ocurre algo?

Notó que me encontraba algo abrumado. Miré el reloj del bar. Mi tren salía en dos horas. Echaría de menos aquello, Madrid, la soledad de los días bajo los focos de neón. Había sido todo tan efímero que no lograba creer que me encontrase allí.

—Tengo que marcharme —dije frío y acobardado—. Voy a coger el metro, no te preocupes.

Le di un beso en la mejilla y salí de allí antes de que rompiera a llorar.

Blanca se quedó paralizada.

El sol radiaba aquella mañana pese a rozar los cinco grados. La ciudad despertaba de buen humor, el tráfico menguante de domingo, el olor a aceite frito de los bares.

Blanca salió después.

—¿Te vas? ¿Así, sin más? —gritó a mi espalda—. ¡Eres un gilipollas!

Seguí caminando, sin mirar atrás. La boca de metro cada

vez más cerca y mis pasos, más cortos.
Giré treinta grados mi rostro y logré ver por el rabillo de mi ojo izquierdo la figura de Blanca. Resultó demasiado doloroso.
Cogí aire, me metí en las escaleras subterráneas y tomé el primer metro con dirección al aeropuerto.
Fui un cobarde, lo recordaré toda mi vida, aunque había visto peores situaciones a la mía: mujeres, hombres, familias... Me pregunté qué es lo que nos hacía tan miserables en ciertas ocasiones. A mis ojos vinieron muchas escenas, como la de aquella chica en el aeropuerto de Barcelona que rompía el corazón de su novio para siempre. Yo estaba allí, terminando un crucigrama, leyendo una noticia sobre Brad Pitt, dando sorbos a un café. Tendrían planeadas unas vacaciones, él se habría dejado un dineral por ir a verla. Me habría gustado decirle que no se preocupara, que no estaba solo, que a Brad Pitt le había pasado lo mismo cuando viajó hasta California para ver a su novia. Ella se la había pegado con un productor de Hollywood, según decía el artículo. Me habría gustado decirle que él podría ser el próximo Brad Pitt y que aquello no era más que una lección de vida.
Sin embargo, no lo hice, no era mi historia, mi problema.
Cuando todo termina y nuestro corazón no late más con rumbo hacia la persona que tenemos a nuestro lado, nos volvemos egoístas, viles e impasibles, engañándonos con que hacemos lo mejor para ella, cuando sólo pensamos en nosotros mismos, en nuestro porvenir.
Dudo que me equivocase, aquel día sólo pensé en mí mismo. Había sido injusto con Blanca. Después, en el tren, me sentí ligero, extraño pero volátil. Me había quitado una gran carga emocional, había borrado a Blanca de un plumazo.
El invierno pasó, regresé a Alicante, a un bloqueo de escritor que compaginé escribiendo pequeñas columnas para diarios provinciales y dando alguna que otra charla en la universidad. El resplandor de mi última historia era

suficiente para estirar hasta el verano mi permanencia económica.

Una noche de sábado, había salido a divertirme sin compañía cuando conocí a aquella mujer en un bar de extranjeros. Una señora entrada en años, vestida de rojo pasión, apretada, con un cutis terso y silicona en los labios. Me fijé en sus manos y entendí que debía estar divorciada. Ella salió a cantar porque había un sorteo de un viaje a Mallorca para dos personas. Borracho y desairado, salté de la barra y le pedí que me dejara cantar con ella. La mujer, bastante abandonada y con más alcohol que yo en el cuerpo, me susurró que bailara con ella tras la canción, y yo le dije que si ganábamos me iría con ella a Mallorca.

Y así sucedió.

Deleitamos a la masa ebria en la penumbra, que aplaudió tras una bonita actuación, llevando nuestro improvisado dueto a lo más alto con una celestial versión del "Como yo te amo" de Raphael.

El viaje no incluía más que los billetes del transbordador para ir y volver, con fechas abiertas, sin hospedaje alguno. Celebramos nuestro éxito, cumplí mi promesa y el pinchadiscos se marcó un pasodoble que comprometió mis movimientos sobre la pista.

Sentí el aliento de su boca en mi cuello. Después se acercó a mi oído, me acarició el lóbulo con la punta de lengua y me dijo que me parecía mucho a un novio que había tenido de joven. Agradecí sus elogios y evité que me besara de la forma más delicada. Luego me habló de uno de sus hijos. También encontró en mí cierto parecido. El pasodoble no terminaba y el cuerpo de la señora se volvió más y más pesado. Le hice una seña al camarero y saqué a aquella doncella de la pista para que tomara un poco el aire. Aquellos pobres ojos, enrojecidos, me miraban con misericordia mientras sujetaba su cabeza para que arrojara los calamares en el baño de señoras.

Terminada la noche, pedí un taxi y envié a la señora de vuelta a su casa.

Lo vi con claridad y estaba pagando mis errores. No debí tomar aquel tren, no debí separarme de Blanca Desastres.

El resto, historia.

3

Le pedí a Rojo que me dejara junto a la estación de ferrocarril. Todavía era pronto y tenía algo de hambre. Nos despedimos y prometí que le llamaría. El coche patrulla se perdió entre las calles dejando ante mi vista un sinfín de posibilidades. Necesitaba un trago, olvidar el día, tener algo por lo que lamentarme al día siguiente.

Bajé hasta Alfonso X El Sabio y me senté en la terraza de The Duke, un bar irlandés cualquiera, porque todos son iguales, como los restaurantes de comida rápida: vayas donde vayas, siempre hay un restaurante irlandés con mesas de madera y tapicería de escay rojo. Un bar con Guinness, ventanas pintadas y un grupo de turistas británicos que ha decidido separarse del tour.

La camarera se acercó y pedí una pinta de cerveza bien fría. La tarde no lograba refrescar en aquella plaza.

Mentiría si dijese que, durante todo aquel tiempo, no me había preguntado por Blanca. Sería un embustero de los pies a la cabeza. También mentiría si dijese que todo iba bien. No, no era así. Estaba bastante aburrido. La gente de mi generación comenzaba a dispersarse, a frecuentar menos la noche y más los bares de aperitivos, como un anticipo a lo que le iba a esperar en el futuro. Dejé calderilla de más y me fui de allí dando un paseo, pensando en la conversación radiofónica que había escuchado en el coche policial. Tendemos a pensar que todo está bien, hasta que nos damos cuenta de que no es así. La vida social como una cebolla, con sus capas, unas más secas, otras más tiernas. En la vida normal de un ciudadano mundano, común, de padres trabajadores, estudios públicos y carrera universitaria, hay muchas cosas que se pierden entre las capas que lo rodean. La droga, la delincuencia, la marginalidad. Palabras, términos que sólo se usan para hablar mal de alguien o leer la prensa. Algunos coquetean con lo ilegal, buscando un poco de diversión dentro de sus capas de bienestar, tan aburridas, tan frágiles. Pero la vida es otra, según cómo la veamos, y cada uno tiene su capa, su cebolla. La mía no se diferenciaba demasiado de la de ese ciudadano de a pie, trivial, sin más preocupación que la de pagar un piso, llegar a fin de mes y comprar ropa interior nueva.

Se me había subido la cerveza un poco, lo notaba en la cabeza. Las tripas me rugían. Aligeré las piernas y caminé en dirección a la Plaza de Toros por Calderón de la Barca. Un Golf blanco pasó tan rápido que casi me lleva con él. Levanté la mano, indignado. Los que por allí pasaban se giraron. Un hombre fumaba en la puerta de un bar. Después pasó un Seat León. Se escuchó un fuerte estruendo, cristales rotos, chapa hecha añicos. Objetos volantes alcanzaban las fachadas de los edificios. Eché a correr varios metros cuando me encontré con el Golf empotrado contra una clínica dental. El conductor había perdido el control del vehículo y el morro estaba encogido como un acordeón. El otro coche se detuvo en plena calle, ganándose las bocinas de los que conducían en sentido contrario.

El personal del establecimiento corría despavorido.

—¡Que alguien llame a la policía! —dijo una señora.

—¿Dónde están cuando se les necesita? —contestó otra.

Llegaron los madresmías, la confusión, el pánico producto del caos y la incertidumbre. Del bar donde un hombre fumaba, otro salió con la camisa abierta hasta el pecho y el cuello cargado de oro. Se acercó hasta el coche, con el cigarrillo en el labio, sin restarle mérito a su heroicidad. Sin ayuda, del Golf salió un hombre de mediana edad con el

rostro magullado, una brecha sangrante en la frente y una herida en el lomo.
—¿Estás bien, chaval? —dijo el hombre del cigarro. Fueron sus últimas palabras.
El misterioso conductor agarró al hombre de la camisa y lo lanzó contra el asfalto.
Más confusión en la calle, aquello me iba a dar un buen titular.
De pronto, el Seat León apareció de nuevo. Como un toro bravo embistió al joven herido, llevándoselo por delante y desplazándolo varios metros por el aire, como a una longaniza cruda.
Se escuchó otra ola de madresmías cuando llegaron las sirenas de policía para dispersar al personal. Como un espectador más no creía lo que mis ojos captaban.
En un acto inconsciente, apunté en mi teléfono la matrícula del León, que salió quemando rueda hacia Plaza España.
El joven, con el rostro deforme y sobre el suelo, se levantó sin ayuda. Aquello no era normal y mucho menos humano. Luego caminó seseando hasta un semáforo, miró a su alrededor, se aguantó en una farola y cruzó el paso de cebra, vigilado por los curiosos. Cuando la ambulancia llegó, un médico de la UVI salió a buscarlo. Sin consideraciones, el chico sacó una navaja de su bolsillo y le asestó dos puñaladas al sanitario. ¡Zas, zas!
Escuchamos un graznido, un lamento que se perdía en el cielo y el ruido ensordecedor de un disparo.
Primero cayeron los casquillos, después el cuerpo hundido de aquel chico.
Un policía local sujetaba a lo lejos una pistola entre sus manos.
—¡Que nadie se mueva! —gritó.
Pero rehusé.
Me acerqué tanto como pude para ver el cuerpo de cerca.
Todo era muy extraño, todo guardaba una siniestra relación con lo que había escuchado en el coche. Me

pregunté qué estaría pasando, qué me habría perdido durante mi días en Mallorca.
Pensé rápido. Pensé en muertos vivientes, en una epidemia, un virus propagado.
Había visto demasiadas películas.
Hice varias fotos con el teléfono.
Como moscas alrededor de la escena los becarios de los diarios se apelotonaban, con sus cámaras de objetivo, teléfonos de manzana, gafas de pasta oscura y barbas de cuatro días.
Regresé al piso, abrí una lata de cerveza y me senté en el sofá. Encendí el estéreo y puse un disco de Coltrane.
Me temblaban las piernas. No podía dejar de pensar en lo que había visto. Pensé en llamar a Blanca. A ella se le daban bien las resoluciones, pero no podía, no era ético.
Terminé la cerveza y me abrí otra. La segunda entró mejor, más gas, más fuerza.
Los nervios menguaron. Di un vistazo en internet, pero no encontré nada. El tiempo corría. Era la historia del verano, pensé, era mía.
El teléfono sonó. Miré la pantalla.
Era Rojo.
Agarré un cuaderno y un bolígrafo.
Había llegado el turno de las preguntas.

Me cité con el oficial Rojo un día más tarde en una cafetería de barrio, de las de siempre. La última vez que habíamos compartido barra, el alcohol corría por las venas, íbamos de after, él tomo un taxi y yo estuve a punto de convertirme en fiambre.
Él eligió el sitio. No quería que nos relacionaran, ni que hubiese conocidos por medio. Rojo sabía lo mucho que me gustaba frecuentar lugares por los que ya había pasado antes. Había cierto halo de nostalgia y pertenencia a una idea que sólo existía en mi realidad.
Aparqué el Porsche a las espaldas de los grandes almacenes de Maisonave y caminé a paso ligero hasta encontrar el lugar donde me había citado. Al llegar, una camarera me invitó a pasar y pedí un café.
—¿Con o sin hielo? —dijo ella. Por su apariencia, debía de haber pasado la treintena hacía años. El pelo teñido de color zanahoria, recogido en una cola rizada. Caminaba con una blusa abierta hasta la pechera por la que dejaba ver el tamaño de su delantera, una pechuga voluminosa. Levanté la vista de sus senos cuando me repitió la pregunta.
—No, un café solo —dije—. Sólo un café solo.
No le hizo gracia o no entendió mi desparpajo.
—Como quieras —contestó —, pero con este calor, este café va a terminar yéndose por donde yo te diga...
—Después me pones una cerveza —contesté con una

sonrisa.
—¡Ay! —contestó, se dio media vuelta y caminó hacia la otra esquina, donde un abuelete esperaba su turno para ver de cerca a la empleada y rellenar su vaso de ginebra.
Alcé la vista y puse atención a la televisión que había en el bar cuando la reportera del informativo comenzó a hablar.
—¿Puedes subirlo? —pregunté. La mujer, sujetando con una mano la botella de Larios, accionó el mando a distancia.
—Se nos va de las manos —contestó el jubilado mirando a la mujer.
—Ya le digo —contestó ella, muy educada—. Esta juventud… Ahora, le digo una cosa, esto es por culpa de los padres. Yo tengo una hija y cuando cumpla la mayoría, va a saber ésa lo que es trabajar.
Me imaginé a la hija de la camarera trabajando en el bar, con el mismo escote que su madre.
Debido a los comentarios, no pude enterarme de lo que dijeron por la televisión. Miré las imágenes. Hablaban de lo ocurrido el día anterior. Leí los teletipos: la policía afirmaba tratarse de un ajuste de cuentas.
—¡Y un cuerno! —exclamé. Los otros dos me miraron —: La tele, coño.
Los cinco minutos de información dieron paso a un dandi trajeado que avisaba de la ola de calor en la que nos veríamos sumidos durante los próximos días. Volví la vista a mi café cuando sentí una presencia humana a mi lado.
—¿Estás de servicio? —dijo con su voz ronca. Era Rojo.
—Si voy a trabajar —contesté —, necesito estar despierto. ¿Dónde has comprado el disfraz?
Se sentó junto a mí en la barra. Iba de forma casual, extraña, demasiado deportivo. El oficial parecía miembro de una banda de motociclistas, vestido con una camiseta de Iron Maiden y unos vaqueros.
La mujer se acercó en cuanto vio la presencia masculina del policía e ignoró al vejete al instante.
—Un carajillo —ordenó.

—Marchando —contestó con una sonrisa.

—Espero que no te importe que hablemos aquí —me dijo mientras la mujer preparaba otra cafetera.

—A mí no me ha sonreído la tipa —dije indignado—. En fin, no, en absoluto, aunque si pretendías no llamar la atención, creo que no has acertado.

—Lo que sea —contestó—. Mis hombres te vieron ayer. ¿No te puedes estar quieto? No ha pasado ni un día…

—Estaba de vuelta a casa —contesté—. ¿Tiene relación con lo que oímos en Dénia?

—Tú no oíste nada —dijo—. Y bueno, no lo sabemos todavía. ¿Qué sabes tú?

—Que esto tiene muy mala pinta —dije. La mujer sirvió el café, abrió una botella de Magno y roció un chorro mientras guardábamos silencio. Nos miró a los ojos. Éramos los peores estafadores de la historia —: No me creo lo del ajuste de cuentas.

—No podemos alarmar a la gente.

—¿Y el nuevo? —pregunté—. ¿Quién es?

—Martínez —dijo—. Apunta maneras.

—¿Sabes? —dije—. Ayer, con lo del accidente. Todo fue muy extraño. Aquel cabrón se estrelló, salió del coche y todavía le quedaba marcha en el cuerpo para apuñalar a alguien. Rojo, yo estaba allí y vi su cara.

—Acelera, Gabriel.

—Pues que vi la misma mirada que la de aquel pobre mamonazo, el mallorquín —expliqué. Rojo tensó su gesto —: Así, de primeras, uno no sabe qué pensar. Cuando se presentó en el apartamento, yo imaginé que iría puesto de coca o que habría salido de un after. Ya sabes, Palma, la noche. Esta gente tiene dinero, al menos, más que yo, Rojo, tú lo sabes, y ya sabes cómo se lo montan los que viven como yo. No hay tanta diferencia.

—¿Insinúas que los dos sucesos están relacionados? —preguntó—. ¿Narcóticos?

—Joder, tío. Qué correcto eres siempre —contesté. Miré alrededor, procurando que nadie nos escuchara —: Yo

creo que sí, que hay algo nuevo en el mercado que los está volviendo gilipollas.
—¿De dónde te sacas eso? —preguntó incrédulo.
—Bueno, tengo otras teorías —expliqué —, pero esta es la primera que me ha venido a la cabeza.
—Tendría que preguntar a los de estupefacientes —dijo apoyándose sobre la barra—. De todos modos, me habría enterado.
—No tienes por qué —dije—. Ya sabes cómo está el patio con los políticos y demás.
—Vamos a hacerle la autopsia y las pruebas de sangre —explicó—. En base a lo que digan los resultados, tendré en cuenta tu teoría.
—¿Y si no? —pregunté—. Si no encuentras nada y estoy en lo cierto, ¿qué? ¿Vas a esperar a que se muera otro? No sé, interroga al mallorquín.
—No puedo hacer eso... —contestó—. ¿Qué quieres?
—Una historia —dije—. Dame una historia, algo que contar a fondo y algo de cobertura, ya sabes, por si me meto en un lío gordo.
—No. Todos te conocen. Otro escándalo y me abrirán un expediente.
—Sabes que tú sólo no puedes meterte ahí, lo sabes bien —dije persuadiéndolo—. También sabes que soy una tumba. No publicaré nada hasta que todo esté atado y zanjado. Esto puede ser un buen puñetazo a la prensa.
—Déjame pensarlo —dijo arrugando una servilleta.
—Como quieras —dije y se hizo un silencio. Pedí un botellín de cerveza —: ¿Qué has estado haciendo todo este tiempo? Escuché que renunciaste a un ascenso.
—No te pierdes una, ¿eh? Estuve trabajando.
—¿Encontraste algo? Sobre lo de tu mujer, digo.
Aquello pareció incomodarle.
—He avanzado poco —murmuró mirando a su tacita—. Alguna conexión, poca cosa. Siguen actuando por la zona, pero no quieren que me involucre.
Sabía que no resultaba difícil hablar del tema, podía ver en

su rostro, el dolor de una persona incapaz de continuar con su vida. De las palabras a los hechos, en ocasiones, existen montañas imposibles de escalar; alturas para las que se necesitan al menos dos vidas. Rojo seguía empecinado en encontrar a su mujer, por mucho que ésta le dijera que no quería saber de él. Aquello era amor, de un modo u otro, amor por otra persona, por la verdad de los hechos y por su propio ser.

—Y no te has planteado que tu mujer...

—No —dijo rotundo. Metió la mano en el bolsillo del pantalón y sacó una fotocopia arrugada. Deshizo los pliegues y me la entregó.

Era un recorte de periódico, el mismo diario al que había renunciado. Veinte años antes, La Manga, Cartagena. Dos titulares relacionados. Un tiroteo en la playa. Un secuestro de mujeres. Una ritual pagano en plena noche de invierno que terminaba con el sacrificio de una joven. Por aquel entonces, yo todavía tomaba Cola-Cao.

—La chica llevaba un tatuaje en el costillar —dijo sacando una foto de su cartera—. Era casero, no hay más que verlo.

Una foto en blanco y negro. El cuerpo de la joven desnudo, con un disparo en el pecho. Sobre el costillar, una figura de un cangrejo.

Después sacó una fotografía de su mujer.

Era la primera vez que la veía, sin contar el portarretratos que había en la oficina. Tenía buena silueta, cabello corto, gafas de sol oscuras y llevaba un biquini de color rosa. Detrás, una sombrilla y la orilla de una playa. Me fijé en su cuerpo, en sus brazos en jarra y vi un pequeño dibujo sobre la piel. Era también un tatuaje, pero no se apreciaba su forma.

—Es tu mujer, ¿verdad? —pregunté.

—Se lo hizo al poco de conocernos —explicó—. Fui un idiota. Le pregunté que por qué se lo hizo y me dijo que porque le gustaba. ¡Y yo me lo tragué! Así, sin más. No hice hincapié. La gente se escribe idioteces en el cuerpo.

¿Qué coño iba a saber yo?

—¿Y la otra?

—La foto de la chica, la encontré este verano metiendo las narices donde no me llaman, así que de esto, ni una palabra.

—¿Por qué un cangrejo? —pregunté.

Al final, sacó el teléfono y abrió la aplicación donde guardaba las fotografías. Era el cuerpo del joven del accidente. Tenía el rostro hundido, desfigurado tras la embestida e hinchado como un pan. La foto había sido tomada en plena calle.

—Dame un segundo —dijo pasando las fotos con el dedo.

La camarera nos miró desde la esquina, comentando con el vejete. El lugar comenzaba a llenarse. Era la hora del café.

Le hice un gesto con la mano, simulando escribir algo en el aire. Después se acercó y le alcancé un billete de cinco euros antes de que viera la pantalla del teléfono.

—Cóbrate, guapa —dije—. El resto, al bote.

—Gracias, majo —dijo complaciente y caminó hasta la caja registradora.

Rojo me mostró el aparato.

En la pantalla del teléfono aparecía el joven, magullado, en la morgue. En su costado, un cangrejo de color naranja dibujado en la piel.

Desperté dándole vueltas a un sueño, una pesadilla horrorosa. Confundido, caminé hasta el cuarto de baño, metí la cabeza en el lavabo y abrí el grifo. Todo me daba vueltas, tenía la presión baja por el calor y la cabeza como si hubiese acelerado la noche anterior. Tan sólo había soñado con cangrejos, naranjas, en la playa, entre las rocas; cangrejos que estaban ahí, que no se movían y tampoco tenían intenciones de atacarme. Todo era muy confuso. Las temperaturas estaban subiendo como había predicho el meteorólogo.

No podía quitarme de la cabeza la fotografía que Rojo me había enseñado en el bar.

Cangrejos, cangrejos. Pero, ¿de qué trataba todo aquello?

Encendí la televisión. Un grupo de desconocidos hablaba sobre un programa de telerrealidad. Cambié a otro canal. Cocina. Cangrejos. Sopa de marisco. Apagué la televisión y abrí la ventana del balcón. Después encendí la radio. Sonaba Radio 3 y el presentador introducía a un trío de power jazz de Michigan. Lo dejé, volví a pensar en aquel chico, en los cangrejos de mi sueño y en qué relación tenía todo con lo que estaba sucediendo, con la mujer de Rojo.

Coltrane tocaba el saxo pero ese día no lograba decirme más que cosas tristes. Yo le pedía un poco de inspiración con sus notas, algo que me iluminara y me diese fuerzas para afrontar los días. Muchas veces, le pedimos a la vida simplemente por vicio, porque resulta más cómodo que

plantarse ante los problemas y buscar una solución, sin esperar a que alguien nos convenza de que la tiene.
Agarré el ordenador portátil y lo encendí. Miré la hora, era casi la una del mediodía. Obvié el desayuno y preparé una cafetera. El saxofón de fondo me relajó y me aclaró las ideas.
Debía empezar por evidencias. Abrí una ventana del navegador y comencé por mí.
Un artículo de dudosa credibilidad decía:
"Si sueñas con varios cangrejos significa que estás haciendo las cosas de forma incorrecta en cuanto a tus asuntos, pero ten cuidado, porque esto puede derivar en serios problemas."
Cerré la ventana. La cafetera cantaba, me levanté y volqué todo el líquido en una taza. Un buen chute de cafeína salvaría el día.
Le di una vuelta más. Buscar sobre mis sueños carecía de sentido.
Según el oficial, hubo un crimen relacionado con los cangrejos, antes de que su mujer desapareciera. Era un buen punto de partida hasta que se supiera algo más de nuestro conductor. Tecleé en internet, realicé varias búsquedas, pero mi olfato me decía que la información que buscaba no se encontraba en la red.
Di un salto, me cambié de ropa y salí a la calle.

Veinte minutos después, los rayos del sol de una tarde calorosa de junio, atravesaban sin éxito los cristales de mis gafas de sol. Tomé un autobús que parecía un refrigerador y me apeé cerca de la vieja redacción del periódico. Al subir las escaleras, uno de los becarios me reconoció. Pasé de largo, sin saludar y entré en la redacción como quien camina por su casa.
Una becaria alzó la voz, impidiéndome el paso.
—¡Oiga! —dijo cuando me disponía a abrir la puerta del archivo—. ¿Quiere algo?
—Sí —dije—. Que me abras la puerta.

—No puede entrar ahí —dijo—. ¿Quién es usted?
El becario con gafas de pasta que me había visto antes, llegó a escena segundos más tarde.
—Caballero —dijo como quien se encuentra con una estrella de cine.
—Hombre, Bastida —dije.
—Bordonado —contestó él.
—Lo que sea —repliqué—. ¿Quién manda ahora aquí?
La chica, una jovencita con aires de modernidad acorde a la indumentaria de las revistas de tendencias, se levantó de un salto y caminó hasta mí. Melena castaña, mechas californianas y dos esmeraldas como ojos que brillaban gracias a la claridad de junio. Con un meneo de caderas digno de telerrealidad, caminó sin hacer ruido sobre sus zapatillas de deporte.
—Lo siento —dijo ella—. Pero hoy, estoy a cargo de la redacción y usted no puede pasar.
—Me puedes tutear —contesté. No tenía cara de amigos aunque sí unas pecas muy bonitas que ocupaban ambos lados del tabique nasal —: ¿Cómo te llamas?
—Natalia —dijo ella intimidada por mi seguridad—. Natalia Lafuente.
—Menuda cagada, tía —dijo el becario de gafas por lo bajo, mientras regresaba a su escritorio.
—De cagada nada —contesté sin que lo esperara—. Aquí el único cagado eres tú, que no defiendes nada, ni siquiera tu posición.
El chico se ruborizó.
—Pero… —titubeó agachando la cabeza.
—Ni peros, ni leches, Bordonado —acusé—. Esta chica está defendiendo su posición. Vaya hombre eres, deberían despedirte. Tienes suerte de que renunciara a mi puesto.
—Lo siento —dijo.
La chica sonrió.
—Ahora, señorita Lafuente —dije refiriéndome a la joven —, si es tan amable, ábrame la puerta del archivo. Es de máxima urgencia.

—No puedo hacer eso —contestó—. Todavía no sé quién es usted.

De pronto, un tufo a litros de colonia dio un bofetón a mis narices. El chillido de la goma náutica de los zapatos sobre el suelo. Un impecable caminar.

Giré la cabeza.

Chinos de color crema, camisa a rayas, Castellanos burdeos. Con el diario deportivo bajo el brazo, parecía más el propietario que el jefe de prensa de una redacción fuera de control. Reconocí aquella mirada impasible, desafiante.

Matías Antón Cañete.

Habíamos estudiado juntos en la misma facultad, cruzando varias palabras y saludándonos escasas veces. Hijo de empresario zapatero, era considerado la oveja negra de la familia por haber escogido juntar letras y no la abogacía.

Pero tal vez el Karma se estuviera cobrando conmigo las cuentas pendientes del pasado. Mitad alicantino mitad ilicitano, culé de adopción y notable jugador de mus, era la antítesis al perfil estudiantil periodístico: bien vestido, adinerado y con una concepción de la historia europea muy diferente a la que contaban los libros. Él pertenecía a esa clase de gente que nace con las botas puestas, el trabajo ya hecho y una doncella en casa que limpia y prepara la comida. Un grupo privilegiado que echa por tierra el sudor invertido de sus ancestros, para convertir en polvo los restos de una herencia mal administrada.

Matías sabía que la información era poder y el poder, en muchas ocasiones, se conseguía a través del dinero, y viceversa.

Pese a que compartíamos la misma afición de estar en contra de todos los jipis fumadores de cáñamo, había algo en su mirada que desteñía crudeza.

—Dichosos los ojos —dijo y dejó el diario en el escritorio—. Coño, Nati, ¿qué haces ahí de pie? Tráele un vaso de agua a este hombre.

—Ya me lo sirvo yo… —dije en voz alta.

—¡Dame la mano, hombre! —dijo y me sacudió la

diestra—. ¿Qué quieres? ¿Volver?

—No —contesté—. No he venido a mendigar.

La becaria me dio un vaso de agua de plástico y volvió a su sitio.

—No soy tu secretaria —contestó humillada.

Él hizo una ele con el pulgar y el índice, en forma de disparo y le regaló una mueca.

—Anda, pasa, pasa a mi despacho —dijo invitándome a mi antigua oficina, también oficina de Ortiz, antes de que falleciera.

Entré en el cuarto. Todo seguía igual de desordenado.

Tuve la sensación de que no iba mucho por allí.

—Seré breve —comenté.

—Siéntate, hombre, siéntate, que no te voy a cobrar.

Uno.

Dos.

Tomé aire.

—Hay unas fotos en el archivo —expliqué—. Necesito recuperarlas. Las olvidé antes de marcharme y son muy importantes para una investigación que estoy llevando a cabo.

—Ya —dijo en la silla de oficina, jugando con el bolígrafo.

—No me llevará más de un minuto —contesté—. Sé dónde se encuentran. Lo último que quiero es hacerte perder el tiempo.

—Ya.

—Por eso, si eres tan amable —dije y me levanté —, te agradecería que abrieras la puerta del archivo, ya sabes, tienes la llave ahí, en el cajón…

—Ya —dijo y cogió aire—. Eso no puede ser, Gabri.

Odiaba que me llamaran así.

—¿Cómo? Sólo tienes que girar la puerta.

—Que no, Gabri —repitió. Una vez más aquello de Gabri y le rompería la mandíbula sin pensármelo dos veces —: ¿Las firmaste tú?

—No.

—Entonces nada.

—¿Cómo que nada?
—Que no, ya sabes, me puedo meter en un follón… —comentó—. Las cosas están muy mal, compañero. ¿Quieres un café?
—Déjate de chorradas —contesté—. ¿Qué te cuesta darme unas fotos que no valen nada?
Sonrió.
—Si tan poco valen —dijo—. ¿Por qué te pones tan nervioso?
Me senté de nuevo.
—No llego a fin de mes.
—Ajá —dijo interesado—. Que hablas de pasta. Es eso.
—Gansa —dije—. Anda, que me cuesta la vida llegar a fin de mes.
—Entiendo —dijo—. Es que, vaya profesión hemos cogido, ¿eh?
—Venga, no tengo todo el día.
—Ya —dijo—. ¿Qué fotos son?
—Dos fotos.
—¿De cuándo?
—Ha llovido ya —dije. Me iba a descubrir —: Sé dónde están, no me vengas ahora con un tercer grado.
—No me mientas, Caballero —dijo con retintín—. Sé que tienes un amigo en la policía. Que te haga él el favor.
—Las mías son mejores. A mí no me tiembla el pulso.
—Muy oportuno —dijo—. Hablemos de dinero. ¿Qué me ofreces?
—Matías, entre tú y yo —dije mirándolo a los ojos—. Dame las fotos. Ya sabes que me gusta trabajar solo, sin que me toquen las narices. Después, vamos a medias.
—Qué medias ni que hostias, Gabriel —se puso serio—. No seas tan listo. Dame la exclusiva, publica con nosotros y por mí como si te montas un after ahí dentro.
Tuve la sensación de que le importaba poco todo aquello. El periódico iba a ser traspasado a alguien con más dinero: su familia. Matías sólo quería ponerse la medalla para atraer de nuevo la atención y seguir viviendo en una

realidad diseñada a su medida. No le importaba un comino lo que estaba sucediendo fuera.

De pronto, el becario cruzó la puerta.

—¿Qué pasa ahora? —dijo Matías inamovible en su silla, dándole vueltas a un mechero con los dedos de la mano—. Estamos en medio de algo.

—He recibido un correo electrónico, importante, sobre lo de las drogas.

—¿Qué drogas? —pregunté girándome.

Matías le hizo un gesto con el índice para que se callara.

De pronto, ardía en la silla de piel.

—Las drogas sintéticas que están pasando de Rusia o de por ahí —explicó el joven regordete, empañado en sus gafas de sol y apretando lorza bajo una camiseta de The Beatles—. Hay de todo, pastillas, polvo…

Un bote de lápices rozó mi rostro a una velocidad incalculable y se estrelló contra la fotocopiadora provocando un estruendo seco y metálico.

—¡Cierra la boca! —gritó Matías—. ¡Maldita sea! ¡Eres un bocazas!

—¡Lo siento! Yo pensaba que…

—¡Tú no piensas! —gritó de nuevo, lanzándole todo lo que encontraba por su mesa—. ¡Lárgate, imbécil! ¡Coge tus cosas y lárgate!

El becario, protegiéndose con unos brazos que parecían dos barras de mortadela siciliana, salió como un pollo cantarín disparado hacia su escritorio.

—Eres un paleto —dije y me levanté de allí—. Te estás comiendo las sobras.

—¿Qué sobras? —contestó ofendido—. Sobras, sobras. Aquí el único que sobra eres tú, atontado.

Salí tras el becario mientras escuchaba a Matías riendo a carcajadas como un psicópata y gritándome un ya volverás, ya, como si se tratara del estribillo de una canción popular.

Seguí al mancebo por las escaleras hasta la calle. El chico corría furioso, enojado tras la humillación.

—¡Joder! ¡Bastida! —grité levantando la mano—. ¡No

corras tanto!

Entonces se dio la vuelta, caminó hacia mí y me asestó un puñetazo en el estómago.

—Bordonado.

Me quedé sin aliento durante varios minutos.

Sonó un fuerte golpe.

Cristales rotos y un busto cayendo desde el cielo como una roca.

El cuerpo impactó de lleno contra las baldosas de la calle, a escasos metros de nosotros.

Mi corazón se paró un par de segundos.

—Dios mío… —dijo Bordonado echándose las manos a la boca.

El cuerpo de un joven entrado en la treintena había saltado desde lo alto de el edificio que daba al Paseo de la Explanada.

Miré a Bordonado, que estaba a punto de ser sobrepasado por sus propias emociones. Me incorporé, me sacudí la indumentaria y vi al fiambre encharcado en sangre. Tenía la cabeza abierta, como si alguien la hubiese aplastado hasta partirle el cráneo, dejando entrever el contenido de la sesera. El impacto debió de matarlo al instante. Una ristra de sesos se escapaba por el suelo. Le levanté la camiseta, a la altura del costillar y ahí estaba de nuevo aquel crustáceo decápodo de cuerpo aplanado y oval. Aquel hijo de perra que se aparecía en mis sueños.

—¿Qué haces tío? —dijo el gordito, blanco como una pared.

Los curiosos comenzaron a acercarse.

El becario se acercó a un portal y arrojó el almuerzo hasta vaciar su estómago.

—Tú —dije —, venga, que no es para tanto, aligera. Termina y vámonos de aquí.

Daba lástima. Parecía intoxicado.

—¿Qué? ¿Cómo? —preguntaba confundido—. Hay que llamar a la ambulancia, no me fastidies.

La gente comentaba haciendo un círculo a nuestro

alrededor y mirando a las alturas.
—Qué dices. Anda, muévete, venga, rápido —dije forzándolo a caminar—. Olvídate de ambulancia.
—La policía viene… —dijo nervioso.
—Calla, anda —insistí moviéndolo. Pesaba un quintal —: Tú calladito y como si no fuera contigo la historia. No hemos hecho nada, ¿vale? Estábamos ahí, se ha tirado y punto. Así que, como si no hubiésemos estado… No pintamos nada, date brío.
Nos metimos por la calle Bilbao cruzando el Portal de Elche hasta la calle San Francisco. Lo empujé hasta La Jarela y pedimos dos cervezas.
—No, yo no estoy ahora para beber —dijo.
—Ponle un vermú, que tiene un mal día —pedí al camarero. Insistí a Bordonado para que lo bebiera y así hizo.
—Qué asco, joder.
—No seas flojo —dije—. Oye, de esto ni una palabra a Cañete.
—¡Puf! Pero si me ha despedido… —dijo y cogió unos garbanzos fritos del plato.
—No seas bobo —contesté—. Vuelve mañana, el muy inútil ni se acordará. Por cierto… ¿Qué sabes de las drogas?
—¿Drogas? Ah sí, lo de las drogas —contestó mientras tragaba. Empezaba a recobrar el color —: Se vende algo que vuelve loca a la gente. Esto viene del Este, de Polonia o por ahí. Se ha puesto de moda y pega unos viajes que no veas pero, al parecer, se les ha ido de las manos y cada vez se está poniendo más complicado hacerse con ellas.
—¿Ellas?
—Pastillas. Apice, amphibia, magic dragons. Tiene nombres diferentes. ¿Sabes que en Polonia se vendían en las tiendas?
—No —dije y di un trago—. ¿Tú cómo sabes todo esto?
—Investigación.
—Seguro —dije—. ¿Te metes?

Bordonado apretó las nalgas.
—No, tío —dijo haciéndome una señal con la mano—. ¿Estás loco o qué?
Era obvio que lo hacía.
El pasatiempo para los que no sabían exprimir el zumo de la vida.
—Sigue.
—Dicen que las ha metido un mejicano que vive por aquí.
—¿No era ucraniano?
—¿Ah, sí? No sé, puede ser —contestó. Me dio a entender que no sabía de lo que hablaba —: Nadie lo conoce, al menos, así, en persona.
—¿Qué respuesta es esa? Si no estás seguro, no hables. Acabarás siendo uno de esos periodistas que escriben sin saber.
—Como todos —dijo el camarero.
Le eché un bufido y volvió a lo suyo.
Un viejo entró con un jersey de color granate al hombro. Se acercó a la barra, pidió un vermú y saludó al camarero.
—Que sa' matao. Otro, ahí es ná —dijo el viejo con voz de cazalla—. Están pa encerrarlos a tos. Ahora, eso sí, la polisía, lo tiene to bajo control. Venga, hombre…
Buscó la aprobación mirándonos a nosotros, que procurábamos ocultarnos de cualquier atisbo de culpabilidad.
—No saben, ya le digo yo a usted, que no saben —filosofó el camarero—. Los setenta eran otros tiempos. La gente sabía. Y ya ve usted, don Francisco, la cosa como acabó en los ochenta con el jaco. Todos yonkis, y putes, claro, pero eso, siempre. Nosotros somos de otra generación, de tener el callo duro y los huevos rotos, ya sabe.
—Me vas a contar a mí.
—Que sí, hombre —prosiguió el camarero secando el vaso con un paño—. Antes eran otros tiempos. Ya me dirá usted. Que si un porrito, una china del Magreb. Pero ya sabe, que así se empieza. Otros, pues le pegan a la bebida. Ahora, eso sí, todos currantes, de callo duro, como un

servidor. Lo de hoy, se nos ha ido de las manos. Tanta mierda que se meten, pues no me extraña, ¿sabe? No me extraña que se tiren por el balcón. Y luego, las familias rotas… Nos ha jodío. Si es que, mire cómo está el patio, la política. Lo que se oye por las calles, que no es poco. Se nos cae Europa con tanta libertad. Y al final. los chavales sin trabajo, pero chupando del bote. Toco madera, pero, oiga, que yo también me tiraba. No es tan de locos…

Bordonado alucinaba con la conversación generacional que había sobre la barra. Era de otra generación, una posterior a la mía que había sufrido las consecuencias de vivir pegados a un aparato. En cierto modo, le tenía envidia. Las dos Españas seguirían divididas mientras hubiese algún sentimiento de pérdida por medio, aunque el cuadrilátero fuese una barra de bar y la conversación un cúmulo de ganchos mal dados. No obstante, la gente como Bordonado había perdido el interés por todo, ocupados en ver series americanas por internet y competir por ver quién escuchaba a la banda más rara. La cultura del yo formaba una legión de futuros superhombres que terminarían robándole el mando de la consola a sus hijos. De nuevo, di un repaso con la mirada al chico y me pregunté en qué estaría pensando. Su presencia se encontraba fuera de contexto. No había más que fijarse en cómo aguantaba el vaso para darse cuenta de que no frecuentaba los bares.

—¿Qué te debo? —dijo el becario incomodado. Sacó una moneda de dos euros del bolsillo. Le agarré la muñeca antes de que hiciera algo embarazoso.

—¿Ya te vas?

—Sí. Es que he quedado con unos colegas.

—Mal, Bordonado, mal —contesté. Fingió media sonrisa. Sudaba como un cerdo —: Va, déjalo. Pago yo.

—Oye, ¿y si me llama la policía?

—Tranquilo —dije dándole una palmada en el pecho—. Calladito, que ya me encargo yo. ¿Adónde dices que vas?

—Con unos colegas.

—No me mientas.

—Todavía, no sé —dijo. Se puso más nervioso —: Lo típico. Unas cañas en el Joplin, después un rato por el barrio y a la Stereo.

—Seguro —contesté—. Bueno. Mantenme al tanto, ¿vale?

—Bueno, a ver... —dijo. Le sudaban las manos —: Tendremos que llegar a un acuerdo de colaboración, digo yo...

Me acerqué a su cara y le eché el aliento amargo a cerveza.

—Tú me ayudas y yo te ahorro la visita de un oficial contándole a tus padres las pastillas que guardas en tu cuarto.

Tragó saliva.

—Me abro —dijo—. Nos vemos.

—Venga, adéu.

A las ocho de la tarde, sentado en la barra de un bar junto al Fnac, una franquicia nacional de música, películas y aparatos electrónicos, esperaba a que, mi nuevo compinche, Bordonado, saliera del portal donde vivía con sus padres. En la televisión hablaban de lo sucedido. La policía repetía su versión: otro ajuste de cuentas. Iban ya tantos, que parecía todo un desajuste descontrolado. Habían detenido a otro hombre en el interior del apartamento. Tuvieron una riña, se les fue de las manos y acabaron a golpes. Al parecer, la víctima saltó por voluntad propia, aunque no había más testigos que el presunto asesino.

Pensé en el oficial Rojo y en la comisaría. Me iba a resultar complicado pedir una audiencia. Aparecer por allí, tampoco era una opción. La competencia acecharía por los alrededores, tomando notas, fotografías, apuntes, vigilando el perímetro. Ninguno de nosotros sabía nada. Se escuchaban campanas que terminaban en un acantilado. Los parroquianos del bar también comentaban. Que si la cosa venía de Rusia o que si era todo una cosa de prostitución. España en verano, terminaban las series de televisión, había que esperar para la Eurocopa y nos quedábamos sin temas de conversación para alimentar un

agosto famélico.
Entonces vi a Bordonado, engominado y vestido de un modo similar a cómo lo había hecho por la mañana. La camiseta sudada había sido cambiada por una de color chillón.
Pagué la cerveza y salí de allí oculto bajo mis gafas de sol y mi barba de dos días.
Bordonado caminó hasta la calle Castaños y después se detuvo en la esquina de un bar de estudiantes. Sacó el teléfono, hizo una llamada y se encendió un cigarrillo. Una chica bonita pasó por su lado con un vestido de tarde. Le miró el trasero y después apagó el pitillo en el suelo. Estaba a punto de darme por vencido con el becario cuando varios de sus amigos aparecieron.
Esperé unos minutos, entraron en el local y me dispuse a sentarme con ellos.
—Anda, Bordo —dije dándole una palmada en la espalda—. Qué casualidad.
—¿Bordo? —dijo otro con barba frondosa y camisa de cuadros.
—¿Qué haces aquí? —preguntó avergonzado por mi presencia—. Mierda.
—¿Quién es este? —dijo otro con gafas. Parecía aquello un club de miopes.
—¿Con qué gente te juntas, Bordonado? —dije sentándome con ellos—. Soy Gabriel, del trabajo. ¿A qué vamos, cerveza?
—¿De dónde has sacado a este personaje? —dijo uno.
—No nos habías dicho nada, tío —dijo el barbudo—. Pero vamos, que por mí, bien.
—Por mí, también —dijo el de gafas.
—Pues ya está, ¿no? —dije—. Venga, que os invito.
Me levanté y pedí un cubo metálico lleno de botellines de cerveza. Me los había ganado. Bordonado seguía avergonzado de mí. Pobre chaval, todavía no sabía el caos que podía desprender al caminar.
Hablamos de series de televisión, de Lost, de literatura

norteamericana, de Bret Easton Ellis. Les enseñé mi tatuaje de Kerouac y me preguntaron si me había dolido. Les dije que no, que dolía más perder a una chica. Tras una hora calentando la mesa en la que nos encontrábamos, algo me decía que no iríamos muy lejos.

—Oye —le susurré a Bordonado al oído—. No quiero que pienses que me he acoplado. Te juro que ha sido una casualidad.

—Sí —contestó—. En realidad, da igual… gracias por los quintos.

Brindamos.

—¿Cuál es el plan? —pregunté.

—¿El plan?

—Sí —dije—. Vosotros no sois de novias, ¿verdad?

El de gafas me escuchó.

—Qué dices, tío —contestó—. De novias nada, hasta los veintinueve.

—Eso dices siempre, Fernan —contestó el de cuadros—. Luego, pillas con una y no la sueltas hasta que te parte en dos la patata.

—Como la americana aquella… —dijo Bordonado. Estaban hundiendo al pobretón.

—Pero no era mi novia —argumentó—. Además, estaba chalada.

—Menudos figurines —dije olvidándome de que si pensaba en alto, me escucharía—. ¿Habéis ido al Mono?

—Eso es de viejos, ¿no? —dijo el de gafas.

—Ahí sólo hay rabos, tío —dijo el de la camisa de cuadros—. Además, que mi hermano va mucho por ahí…

El escuadrón de la muerte estaba aguando el festín. Mis hormonas se calentaban al mismo ritmo que la cerveza en los culos de las botellas. Sin duda, aquellos tres no me iban a llevar a ningún lugar donde encontrar estupefacientes.

Sin alternativa, los arrastré a un bar de copas oscuro y le dije al de la barra que era el cumpleaños del de la barba y que nos pagaba las copas. Bebimos tres combinados de alcohol barato. El becario y sus amigos comenzaron a

moverse como idiotas, espantando a las niñitas embutidas en los trajes de látex que bailaban a ritmo de reguetón.
Cogí a Bordonado del hombro, lo llevé a la entrada y le dije que esa noche iba a ser especial y que nos encontrábamos en medio de una investigación periodística. El mozo se puso colorado, incapaz de contener la emoción del momento.
—¿De verdad? —gritó. Estaba borracho. Alzamos los brazos. Sonaba Queen de fondo y me dio una palmada en el hombre —: ¡Como los putos Tom Wolfe y Truman Capote! ¡Pedro Jota y Reverte!
—¡Batman y Robin! —dijo una voz de fondo.
—Más o menos, más o menos… —dije bajando la euforia—. Los que tú quieras, pero necesito que me ayudes…
Bordonado me miró escéptico —: No, no te equivoques. Yo quiero ayudarte también. Esto es cosa de los dos. A ver, puedo confiar en ti, ¿verdad?
Él asintió.
—¿Ves? pues tú debes confiar en mí. Punto —concluí—. Están pasando cosas raras, Bordonado. Esto nos va a lanzar al podio y lo sabes. Caché. Entiendes de lo que hablo.
El chico se rascó la panza y después la cabeza.
—Está bien —dijo—. Estoy listo.
—Perfecto —dije—. ¿Tienes las llaves de la redacción en el bolsillo?
—¿Eh? —balbuceó—. No, qué va. Están en mi casa.
—Pues adelante. Camina.
—¿Estás loco, tío?
—Para nada —dije—. Tengo que entrar al archivo. Hay dos fotos relacionadas con lo que está pasando.
—¿Cómo sabes eso?
—Vamos a por las fotos, después te cuento la historia.
—No puedo hacer eso… —contestó—. Me pillarán.
—No me fastidies, Bordonado. ¿De qué pasta estás hecho?

De fondo se escuchó una discusión. Uno de sus amigos le metió mano a una de las novias de los camareros. El volumen de las voces aumentaron. El barman subió la música.

—Ya la están liando —dijo avergonzado.

—A tus amigos los van a calentar… —dije mirando por encima de la puerta.

—Lo veo venir. Venga, vámonos antes de que me arrepienta —dijo Bordonado—. Si nos quedamos, seguro que me cae algún tortazo… Siempre me llevo por tonto.

—Di que sí, compañero —contesté y arrancamos calle abajo—. Además, alguien tendrá que pagar las copas…

—¿Qué?

—Nada, camina —finiquité riendo en mis adentros—. La noche es joven.

4

El malhumor es voluntario. Bordonado, reticente, iba en camino de convertirse un viejo gruñón sin espíritu, acomodado y conformista. El típico ejemplo de persona que acababa a los treinta, casado, con un hijo y corneado por la falta de esa chispa de la vida cuando a su mujer no le baste con la Coca-Cola.

Salió del portal quejándose por haber despertado a sus padres.

—Mañana tengo bronca —dijo—. Mi madre me ha dicho si había estado bebiendo.

El síndrome del hijo que alcanza la treintena pero que nunca bebe. ¿En qué pensarían las madres para creer que sus querubines llevaban una vida sana de zumos y granadina? La situación no era nueva y la crisis de valores residía en las madres, que pensaban sobre sus hijos como eternos quinceañeros.

Conocía otros casos como, por ejemplo, el mío. No obstante, siempre había que romper una lanza y el chico era un buen saco de boxeo al que golpear.

—Coño, ni que fueras un crío… —le dije—. Dile a tu madre que espabile, que ya eres un hombre.

—Tú no sabes cómo es mi madre —reprochó cabizbajo.

—Sé cómo es la mía —repliqué—. Tienes las llaves, ¿no?

—Sí.

—Mañana será otro día —contesté—. Ahora, vamos a trabajar un poco.

Llegamos a la redacción y avistamos el portal vacío. Jacinto, el guardia del edificio, se habría echado una siesta. Por allí, nunca pasaba nada. No era la primera vez que

aquel pobre hombre aprovechaba la noche de los sábados para dar una cabezada junto al televisor de la trastienda. Era mejor así. Antes que lidiar con las miradas enrojecidas, los pasos desequilibrados y los comentarios obscenos de los jóvenes y no tan jóvenes, que vivían en el resto del edificio. Jacinto estaba a punto de jubilarse, le quedaban dos años y guardaba los secretos como un templario.
Caminé decidido, pasé la llave y abrí la puerta. Escuché unos pasos, una televisión encendida. El viejo estaba despierto. Avisé a Bordonado con un gesto de muñeca y me introduje por las escaleras para alcanzar el entresuelo.
El becario me siguió, fue más rápido que el guardia.
El alcohol formaba una pelota en mi cabeza que subía y bajaba. El paseo me había relajado. Los efectos menguaban y sentía bajo mi sien un principio de resaca.
Entramos en la redacción. No encontramos a nadie. Fui directo al archivo y abrí la puerta. Bordonado se quedó atrás.
—¿Qué haces? —dije. Estaba buscando en los cajones de la becaria.
—Nada, nada —contestó.
La habitación olía a polvo y a papel fotográfico. Abrí la ventana. Escuché el ruido de los motores de la noche, el voceo de la noche, las conversaciones entre borrachos y prostitutas.
Encontré un millar de fotos con más de un siglo de antigüedad que pronto serían calcinadas. El archivo se convertiría en una cocina y todo quedaría en ceros y unos digitales.
Una lástima, pensé.
Tiré carpetas al suelo, cajas de zapatos repletas de fotos, cuadernos, archivadores polvorientos. Agitado, busqué y busqué como un roedor hasta dar con lo que necesitaba. Al fin, encontré una funda de plástico con negativos de 1994 y de 1995.
—Aquí están —pensé en voz alta. Salté a los meses de verano.

No podía creerlo. Comprobé los negativos al trasluz. El tiempo escaseaba.

De pronto, se escucharon unos pasos.

—Vamos, date prisa —dijo Bordonado—. He oído algo…

—Sí, yo también —contesté—. Será el viejo.

—Que no, que no —insistió—. Joder, nos vamos a meter en un lío.

Sin meditarlo, tiré la funda por la ventana.

La puerta se abrió.

Me costó entender quién había sorprendido a quién.

Bordonado sudaba de nuevo.

Sus lentes ahumadas le impedían mirar a los ojos del invitado.

—¿Qué es esto? —dijo Matías.

Era la primera vez que lo veía con tal facha, despeinado y con la camisa arrugada. Tras él, la joven becaria, envuelta en un vestido negro de seda que le llegaba a las rodillas y mostraba sus esbeltos, aunque pequeños, pechos.

Cañete, con los labios todavía manchados de carmín y una botella de Jack Daniels en la mano, se ajustó el cuello de la camisa y buscó la calma.

—Qué fácil eres, Cañete… —dije—. ¿No tienen tus padres el piso de Santa Pola libre?

—¡Tú! —señaló furioso a Bordonado—. ¡Te dije que desaparecieras! Voy a llamar a la policía ahora mismo. ¡Se os va a caer el pelo a los dos!

No pude aguantar la risa —: ¿De qué te ríes, imbécil?

—Mañana, los cuatro, en portada.

—Eres una cerda —le dijo Bordonado a la chica.

—Cierra la boca, bola de grasa —dijo ella.

—¡Cerrad la boca los dos! —gritó Cañete. Estaba nervioso, alterado y le picaba la nariz. Se movía rápido, formando círculos con los pies, como si se hubiese metido algo de camino a la redacción para reanimarse. La chica, asustada, cogió sus cosas, obligada por el jefe —: Mañana no vengas… ya te llamo yo.

—Dame algo para el taxi, anda —le dijo ella.

Cañete le dio 20 euros y cerró la puerta.

—Tú, bola de sebo, te marchas detrás. Y contigo, joder, contigo. Mira que eres pesado…

—Matías, que todo queda en familia —dije quitándole importancia—. Nosotros no decimos nada, tú conservas tu trabajo y fin de la historia. No montes un circo innecesario que bastante hay ya ahí fuera, ¿no crees? Eso sí, al chaval lo vas a tener que poner en nómina…

—¿Al inútil este?

—Hombre, qué te pensabas…

—Y escritorio propio —dijo Bordonado.

—¡No te pases de listo! —contestó Cañete. Se tocó el mentón, se echó el cabello hacia atrás con la mano y caminó hasta su escritorio. Sacó un vaso de cristal, abrió la botella y llenó el vaso de whisky —: Como abráis la boca, os la parto. ¿Entendido?

El becario conseguía su primer trabajo pagado. Su cara no daba crédito, con una sonrisa de oreja a oreja que estaba a punto de abrirle los extremos de los labios. Yo pensaba en mis fotos, en la calle.

—Es tarde, Matías —dije—. Nos abrimos.

Salí escopeteado del bloque hacia el otro lado de la calle. La funda de plástico seguía en el mismo lugar, quizá un poco más sucia. Había costado lo suyo recuperarla.

—Gracias, compañero —dijo Bordonado emocionado—. Ha sido una gran noche.

—Hacemos buen equipo… —le dije. Ahora tenía a un Robin, un Watson o un Pedrín, quizá más fofo y con peor forma física, pero entrañable —: Dale una alegría a tu madre mañana.

—Sí, ya me vale… —preguntó—. ¿Y las fotos?

—Están a buen recaudo —dije—. Buenas noches.

Desperté con la boca pastosa, reseca por el alcohol. La cabeza pesada, el calor de la noche no hacía más que empeorarlo todo. Me había quedado dormido en el sofá del salón con la televisión encendida. En la pantalla había un reportaje sobre sectas y asesinos en serie. Una broma de muy mal gusto. Una pitonisa hablaba de la relación y el mal uso de los signos del horóscopo que se hace en las sectas. Puse atención a lo que decía esa mujer, pues todavía flotaba en una nebulosa onírica que estaba a punto de llevarme al sueño o al vómito. Intenté buscar una relación entre el molusco y los crímenes.

En la televisión aparecían rostros de hombres sin dientes.

¿Por qué un maldito cangrejo?, pensé.

Unas chicas maniatadas y destripadas corrían en la pantalla.

Debía de tratarse de una moda, de algo pasajero: cangrejos en el cuerpo, cangrejos en las drogas, cangrejos en mis sueños.

El presentador se ponía serio antes de dar paso a un invitado.

¿Se trataba de una contrarrevolución? ¿Uno de los sellos apocalípticos? ¿Un golpe del Nuevo Orden Illuminati?

La cámara enfocó al otro lado de la mesa. El oficial Rojo aparecía en un primer plano.

Subí el volumen, miré el reloj. Eran las seis de la mañana.

Escribí una nota: "llamar a Rojo".

El oficial habló de los diferentes tipos de sectas que

existían en la región, cómo funcionaban y qué tipo de intereses tenían.

Yo aguantaba los negativos de las fotografías en la mano, envueltos en una funda de plástico.

Rojo respondía a las preguntas banales e impertinentes de los seguidores de Expediente X.

El sol entraba por la ventana. Saqué un negativo y miré al trasluz.

El presentador dio paso a una serie de noticias relacionadas con lo que había pasado.

El oficial guardó silencio y se rascó la barbilla.

—No tenemos evidencia de que estén conectados —dijo a la televisión con gesto serio.

—¿Existe un móvil? —preguntó el presentador.

—No. Ya he dicho que son hechos aislados.

La vidente sacó unas cartas del tarot. En la pantalla apareció un cangrejo enorme.

—Puede tratarse de una profecía —dijo un invitado—. Nostradamus ya advirtió que…

—Lo pongo en duda —dijo el oficial—. Lo que dijera ese tipo y lo que estén pensando… Nos basamos en lo fáctico, y no hay pruebas.

—En las culturas ancestrales, el cangrejo se asociaba con el vientre de las embarazadas… —comentó otro invitado.

—Lo siento —dijo el policía—. No sé a dónde quiere llegar, pero va mal encaminado.

—Al tratarse de un crustáceo —dijo el presentador—. ¿Cree oficial que es la razón de que ocurra en la costa?

En la pantalla apareció un número de teléfono. Cogí el móvil y marqué, pero saltó un contestador. El programa estaba siendo emitido en diferido.

Rojo contestaba a todas las preguntas impasible, el mismo tono, la misma modulación. Desde los sucesos de la isla de Tabarca, su presencia en los programas de radio y televisiones locales había aumentado. Era la voz de la experiencia y, también, quien daba la cara por el resto del cuerpo.

—La policía investiga los hechos —afirmó—. Debe proteger al ciudadano, eso es todo.

Apagué la televisión. Miré de nuevo a los negativos. El cuerpo de la chica, el cangrejo tatuado en su costado. Rojo tenía razón, pero se guardaba la verdad como un molusco.

Si los crímenes ocurridos a mediados de los 90 tenían relación con lo que sucedía, significaba que alguien había vuelto por una causa.

Caminé hasta el baño, metí la cabeza bajo el grifo y preparé café. Después puse un disco de Baker en el estéreo y empecé a tomar notas mentales.

Alguien estaba pasando la droga, ya fuese para financiarse o hacer daño a otra persona. El norte de la región era famosa por acoger a una numerosa comunidad de ciudadanos del Este de Europa. Desde el sur hacia arriba, era de sobra conocida la rivalidad entre las organizaciones que importaban las drogas químicas procedentes Rusia. Sin embargo, hasta entonces, el único caso era el del famoso krokodil, un sustituto empobrecido de la heroína que devoraba la piel y convertía al adicto en un muerto viviente, aunque nunca nada relacionado con cangrejos. Como no estaba clara la autoría, deduje que habría que llamar su atención.

Encendí el ordenador y eché un vistazo a las noticias locales. Los breves publicados no daban más que coletazos sin rumbo de casos aislados. La prensa parecía no darle demasiada importancia o no sabía por dónde agarrar la noticia. Era obvio y necesario que alguien debía de plantarle un cebo a nuestro invitado de identidad desconocida.

Armado de energía bajo el trompeteo de Baker a mis espaldas y una taza de café ardiente, comencé a teclear. Mis dedos se movían como pequeños taladros hidráulicos, dejándose llevar por el ritmo de la música y las palabras que entraban y salían como notas musicales, dotando un texto de color e imágenes propio de literatura de terror.

Los comentaristas del programa televisivo ayudaron a

rellenar de fantasía, conspiración y miedo, párrafos cortos pero contundentes, frases breves pero afiladas como la hoja de una espada.

Ansioso y satisfecho, guardé el documento. Tomé una foto del negativo con mi teléfono, la envié al ordenador. Abrí un programa de edición fotográfica e invertí los colores de la imagen. Después hice una llamada.

—¿Sí? —dijo una voz adormilada.

—Despierta, Bordonado —dije—. Es casi mediodía.

—¿Qué pasa? Joder, qué dolor de cabeza… —murmuró.

—Tenemos que vernos —contesté.

—¿Hoy? Es domingo. Imposible —dijo—. Tengo una comida familiar.

—Pues te saltas el aperitivo —contesté—. Diles que tienes trabajo.

—Que no, que no puedo.

—¿Quieres ser un perdedor toda tu vida?

Una hora más tarde, me encontraba en la barra metálica de un bar oscuro de azulejos blancos, mesas de aluminio y toldo azul. Las parejitas tomaban el vermut mientras, impaciente, esperaba sorprender a Bordonado cuando saliera por el portón.

La transición del festivo, del respeto, del no ser entendidos por nadie más que por nosotros mismos. La tranquilidad de la media tarde, sabiendo que pronto llegará el desquite del crepúsculo, la depresión lunática de una semana difícil, dura, como todas mientras se trabaje. La entrada de aquel lugar era como una pantalla de cine en vivo, con sus actores secundarios, las luces del escenario, los especialistas. Allí pasaban todos y no sucedía nada, como en la vida de un cualquiera que se dedique a seguir las pautas marcadas por los años. Un statu quo corrompido y más vivo que nunca a pesar de las apariencias, porque tras la felicidad espejada no había más que jóvenes a punto de explotar, una generación perdida sin brújula ni rumbo. Nadie las necesitaba, todos nos guiábamos por el mismo compás, por el ritmo de la calle, la política ensordecedora y anodina que pronto se convertiría en canciones sobre corrupción.

Vi al chico salir por la puerta. Ensayé una jugada de aproximación, un abordaje casual y pasajero. Cuando estuve a punto de hacerlo, vi al joven saludar a una chica morena, de pelo largo y gafas de sol italianas. Más baja que él y con más sangre, bajo la sombra de aquel tugurio vi a Bordonado bailándole el agua a la muchacha, nervioso y con los pulgares en el interior de los bolsillos. No tenía ninguna comida, o puede que sí, pero ya no importaba, no a mí. Se dieron dos besos y él se acercó a ella con torpeza, lento como un caracol, arrítmica pero sin pausa. Las dos siluetas se enturbiaron a lo lejos al tomar conciencia de que debía vérmelas de nuevo con Cañete, con su pelo echado hacia atrás, engominado; con sus zapatos burdeos, con su raya del pantalón bien planchado.

Me dirigí a la redacción, subí las escaleras, di un golpe a la puerta y saludé con un resoplido a la becaria, que me miró abochornada. La chica levantó el teléfono, se ajustó la blusa y abrí la puerta de un golpe.

—Hombre, el que faltaba —dijo Cañete con la camisa arrugada y despeinado. Olía a zoológico, a cuerpos sudados, a sexo, a mucho sexo. Parecía concentrado en la pantalla de su ordenador —: ¿Ahora qué?

—Tenemos que hablar —dije.

—¿Tú quién te crees que eres? —dijo firme—. Estoy ocupado, date aire, anda.

Cerré la puerta y me senté en la silla.

—Matías —dije despertando su atención. Nadie lo llamaba por su nombre —: Tienes que publicarme algo.

—Ya —contestó—. Eso no puede ser.

—Tú me necesitas y yo te necesito a ti —expliqué.

—No —dijo—. Yo no te necesito. No necesito a nadie, de hecho, estoy hasta las pelotas de que todos me vengáis con lo mismo…

—Escúchame, deja tu insolencia por un minuto —dije—.

Está pasando algo, la gente se está volviendo loca y creo que he dado con un punto de partida.

—¿Ha cantado el becario? —dijo nervioso—. Lo voy a hundir. Ya se lo dije. Tenemos un contrato.

—El chaval no sabe nada —dije—. El que sabe soy yo. Y tú quieres saber, ¿verdad? Aquí queremos saber todos.

Arrimó el hocico como un perro hambriento. A veces, dudaba de su inteligencia, pero sabía que se trataba de una falsa apariencia. Matías encajaba en el perfil de ricachón ignorante que sabía más que el resto. O eso creía él. El cazador cazado que cazaba a otro cazador. Un cabronazo en toda regla. Quizá por eso fuera tan bueno jugando a las cartas.

Levantó el teléfono.

—No me pases llamadas, ¿vale? —dijo y colgó. Pura pose —: Venga, no tengo todo el día.

—Alguien está pasando una droga muy fuerte que está revolucionando el mercado —dije moviéndome entre arenas—. La policía no sabe nada todavía, pero se trata de uno, o de varios capos. Dicen que son ucranianos, del Este; quizá georgianos, que vienen de por allí. El caso es que hay un cangrejo que es la imagen que lo representa todo. Toda la historia va de cangrejos. Lo sé porque los he visto, en la tele y en la calle.

—No te jode… —dijo incrédulo—. Cangrejos hay por todas partes.

—Te hablo de cangrejos tatuados, marcados sobre la piel —dije—. Creo que se trata de algo más, un símbolo, una conspiración.

A Cañete le encantaban las conspiraciones.

—Los rojos… Son los rojos —dijo Matías, aludiendo a su forma de entender la vida —: No me extrañaría nada. Preparan un golpe de Estado moderno, como lo de Atocha.

—Quién sabe… —dije y saqué una memoria portátil —: Aquí tienes el artículo. Échale un vistazo, publícalo a tu nombre si quieres, me da igual. Un editorial, dos páginas.

Mañana todos hablarán de ello.

Cañete cogió el lápiz de memoria y lo miró como si se tratara de un objeto valioso.

—¿No me estarás tomando el pelo? —dijo escéptico.

—Si te sale bien —contesté —, a partir del segundo texto, voy a comisión.

—Ya —dijo—. Bueno, déjame pensarlo.

—Como quieras —dije. Había mordido el cebo —: Voy a visitar a los del Información, a ver qué saben.

—Espera —contestó cuando hice un amago de levantarme—. Gabri, oye.

—¿Qué?

—Eres un grande —dijo—. Esto es un pelotazo, como el Watergate.

—Mejor, me marcho.

—Oye…

—¿Qué?

—Las fotos —dijo—. Si las necesitas, ya sabes dónde están.

—Gracias —contesté agradecido.

Salí de allí y me despedí de los dos, que no tardarían en encerrarse de nuevo a fornicar en el despacho. Era domingo, no había mucho que hacer y acababa de darle a Cañete una picante doble página que incendiaría la ciudad horas más tarde.

Con el trabajo hecho y el amor propio por las nubes, decidí dar un paseo y tomar el fresco cuando algo vibró en mi bolsillo.

Un mensaje de texto. El oficial Rojo me citaba de nuevo. Esta vez era en la morgue.

5

Salí del taxi y entré directo al hospital hasta llegar a la recepción para preguntar por Rojo. Al pronunciar las palabras, un guardia de seguridad me acompañó al ascensor y pulsó el botón de la planta subterránea. Las puertas se cerraron durante diez segundos. Después se abrieron en el purgatorio. Los últimos coletazos de la vida. Lo aséptico, lo insustancial, donde ya nada importa. Crucé la entrada, azulejos blancos, un paso de baldosa y una habitación hermética.

Vestido de uniforme, Rojo hablaba por el teléfono móvil. Al escuchar mis pasos, colgó.

—El otro día te vi por televisión —dije.

—Pasa, tienes que ver esto.

El olor hizo temblar mis piernas. No supe qué iba a encontrar al otro lado de la puerta. Sentí una conexión con él, con su voz, su mirada. Algo iba mal, pero siempre pensaba que podía ser peor. Escasos meses atrás, ambos nos encontrábamos flotando en bañeras de sangre animal.

Los tubos de luz parpadearon. Una chica de pelo castaño oscuro por el hombro, bata blanca, vaqueros ajustados y las zapatillas negras de moda, tomaba notas en un cuaderno. Un golpe en mis narices me produjo una arcada. El hediondo olor de un cuerpo parado, en proceso de descomposición. El tiempo no perdonaba. Se trataba de un hombre, tumbado en horizontal, con el rostro desfigurado y las costillas abiertas. Hinchado como un pavo de Nochebuena, embotado por la sangre que había cesado en

su circulación.
Me acerqué hasta un rincón y el flujo estomacal salió disparado contra los azulejos. Vomité dos veces. La chica se rió. El tipo tenía las piernas hinchadas, el rostro azulado y el pecho rígido como una placa de mármol. Un doctor supervisaba la sala. Rojo señaló el abdomen. La víctima llevaba tatuada un cangrejo anaranjado y la moda de las casualidades comenzaba a convertirse en un móvil.
El doctor agarró el escalpelo.
—Mejor salimos fuera —dijo la chica.
—¿Y ésta? —susurré a Rojo.
Una vez fuera, la joven se presentó.
—Soy Miranda.
—La forense García —dijo Rojo—. Nos está ayudando con la investigación.
—¿Tan joven? —pregunté.
—¿Algún problema con eso? —dijo Rojo.
—Ninguno —contesté—. El placer es mío.
La forense Miranda García era una chica de metro setenta y cinco, piernas finas y piel tostada por el sol de la playa. Una chica bella, brillante, con las puntas quemadas y el pelo fuerte y del color del roble. Pese a mi desvergüenza, supo aguantar como una profesional y brindarme una sonrisa.
—El oficial Rojo me ha dicho que por tus venas corre la noticia.
Cretino.
Observé sus labios, pronunciando la última palabra, unos labios carnosos pintados de un carmín rosado que hipnotizaba
—¿Qué has sacado en claro durante estos días? —dijo Rojo.
—Nada nuevo —contesté—. Tengo algunas fotos que me gustaría que vieras.
Hizo un gesto obtuso —: Fotos de archivo, relacionadas con los crímenes que comentamos.
—¿Qué crímenes? —dijo la chica.

Levanté las cejas. El talante de Rojo se tambaleó.
—Está bien —contestó—. No podemos ocultar información a la señorita García.
—No estoy seguro —expliqué. Desconocía el juego de Rojo, pero tampoco pretendía explayarme delante de la desconocida —: Parece que tenemos un móvil. Hay cangrejos por todas partes, no sólo gente. También hay una droga que está circulando por el levante. Al parecer es un alucinógeno muy agresivo.
La chica pareció no sorprenderse.
—No obstante, la relación de que el crustáceo esté circulando, no parece una simple casualidad.
—Puede que sea una forma de rebelarse ante el establishment —dijo ella.
—¿Qué es eso? —contesté.
—Lo convencional.
—Lo pongo en duda… —dijo Rojo—. Esto es algo más que un simposio de ni-nis despreocupados.
—Me gustaría enseñaros algunas fotos… —añadí delante de aquella puerta por la que todavía podía oler el hedor de la sala—. Tal vez, en un lugar más íntimo.
Salimos de la morgue y nos dirigimos a la cafetería de la primera planta. Tráfico de visitas, pacientes que salían y entraban a fumar a escondidas, familiares que los acompañaban. La cantina del hospital tomaba los aires de un bar de barrio a pesar de carecer de licencia de alcohol. Pedimos tres cafés y fuimos hasta una mesita arrinconada. La gente nos observaba, quizá por las apariencias de Rojo o la compañía de Miranda.
Saqué el teléfono y les mostré las fotos en la pantalla.
—Esto es todo lo que he encontrado —expliqué—. Parece que los cangrejos habitaban con nosotros desde hacía ya un tiempo.
—Interesante —dijo la chica y después dejó el teléfono a la vista del policía.
Rojo no abrió la boca. Se tomó el café de un sorbo y dejó la taza sobre el plato.

—No sé, todo es muy extraño. Me cuesta quitarme de encima la imagen de aquél cayendo…

—¿Quién? —preguntó Rojo intrigado.

—El fiambre —dije—. No me dio de milagro.

—Joder, Caballero… —dijo—. ¿Estabas en la escena del crimen?

—De casualidad —dije—. De no haber ido acompañado, me hubiese quedado. Tus compañeros hacen demasiadas preguntas y yo necesitaba al chaval que venía conmigo. ¡Entiéndeme!

—¿Qué sucedió? —dijo Rojo—. ¿Qué viste?

—Lo mismo que todos —contesté—. Quién sabe si saltó o lo empujaron. Ese es vuestro trabajo.

—El sujeto se encontraba bajo los efectos estupefacientes —dijo Rojo—. Era británico.

Rojo parecía preocupado, más afectado de lo que podía creer. Las correrías que habíamos pasado juntos, habían sido suficientes para empezar a entender a aquel hombre. Se le estaba yendo de las manos. El asunto de las drogas, la gente muriéndose por las esquinas, la posibilidad de encontrar a su mujer a través de aquellos tatuajes. Un sinsentido que no hacía más que picarme en el estómago, queriendo conocer más. Entre nosotros, la chica, Miranda, observaba la foto, de lejos, silenciosa, mordiéndose el labio inferior. Tuve la sensación de que sabía algo, pura intuición.

—¿A qué hora terminas? —le pregunté sin tapujos.

—¿Me lo dices en serio? —preguntó desprevenida. Estaba flirteando.

—Nunca he conocido a una forense —dije. Vi a Rojo avergonzándose al otro lado de la mesa. Le guiñé un ojo y proseguí —: Eso sí, off the récord, que ya sabes lo que pasa luego.

La chica soltó una ligera carcajada que no supe interpretar del todo. Dio un sorbo a su café, sujetó la taza con las dos manos y la dejó de nuevo en el plato.

—Tengo que terminar de redactar la autopsia —dijo y se

levantó de la mesa —: Te veo a las nueve en el Desafío.

La chica se despidió y caminó hacia el pasillo. Después entró en el ascensor y se perdió.

—¿Qué estás haciendo? —preguntó Rojo—. No quiero involucrarla en esto, ya sabes cómo terminó todo con esa chica… ¿Blanca?

—No me hables de Blanca, ¿quieres? —contesté—. Todavía la recuerdo. Dejó huella.

—¿Qué sabes de ella?

Tuve tiempo a regresar a casa y acicalarme. Abrí un botellín de cerveza y miré por el balcón a los coches que aparcaban tras una jornada dura de trabajo. Los hechos amontonaban en mi cráneo y caían como fichas de dominó. Me consideraba un hombre tranquilo, de carácter fuerte, pero con el tesón para aguantar los vendavales. A una edad tan temprana, la vida me había enseñado que de nada servía angustiarse mientras quedase algo por lo que reír. Por el balcón observé la bella vista de una ciudad iluminada por el castillo de Santa Bárbara, en lo alto de la montaña, que protegía a la ciudad de Alicante sin descanso alguno. Entonces, no era más que un pedazo de la historia olvidada. La belleza de lo silencioso, parar el tiempo a golpe de respiración, saber que existimos y que los pies todavía tocan el suelo. En muchas ocasiones, no hace falta más para entender el secreto de la vida, de lo que muchos buscan y no encuentran en las tiendas, de dar gracias por ello; porque puede que Miles Davis se fuera a otra dimensión, pero aún quedan muchas de sus notas por tocar. Pensé en la forense, en sus misterios de mujer, en lo que estaría dispuesta a desvelar con desatino. Haciendo cálculos, sopesé que habría pasado la treintena. Llegar hasta allí le habría tomado, al menos, unos diez años de estudios universitarios. Estaba seguro que en su familia también habría alguien con pasado médico. Siempre lo había. Las chicas que estudiaban medicina, por lo general, lo hacían bajo la presión familiar, el estatus social y un futuro sueldo digno. Otras, por vocación. Algunas, disfrutaban con la idea de ayudar a otros.

La brisa de la playa del Postiguet, una playa de postal y turismo, no lograba apaciguar el bochorno de una tarde de verano que se arrastraba por mi cuerpo, como una esponja mojada. Me puse una camisa con las mangas remangadas y me dirigí al lugar donde nos habíamos citado.

Era un lunes, aunque eso no importaba. No en la capital, en la ciudad de Les Fogueres, los arroces finos y la ingesta abominable de turistas procedentes de cada rincón del globo. Al llegar a la puerta del bar en el que me había citado, me topé con una sirena alicantina, de pelo largo y suelto y esos labios rojos carmín que habían dado un vuelco a mis tripas. Miranda se destapó, dejando entrever un cuerpo de piel fina, suave y tostada, recogido en un vestido negro de verano, informal y cómodo, dejando a la luz los tirantes del sostén. Esas batas que no llegaban a las rodillas y dejaban a la luz dos barquillos, como piernas, de chocolate caliente. Miranda era puro deseo de apariencia juvenil y sonrisa despiadada. Por un instante, me acordé de Blanca, que resultaba su antítesis, aunque aquello no le hacía menos sensual. Saqué la mano del bolsillo de mis vaqueros y esbocé una sonrisa lejana. Debía concentrarme. La chica era secundaria. Ella ocultaba algo y yo iba a descubrirlo.

—Eres uno de esos que hace esperar a las chicas, ¿verdad? —dijo con picardía metiéndose una aceituna a la boca. No parecía molesta —: Tienes suerte de que esté de buen humor.

Miré el reloj. Le invité a una cerveza y brindamos.

—Perdona, soy un poco desastre —dije—. ¿Sabes? Pareces otra, así… sin bata.

—¿De dónde has salido? —preguntó—. Eres un personaje en toda regla, Gabriel.

¿Era un elogio o un insulto?

—Auténtico, llámalo auténtico —dije. Se hizo un silencio y

rompió el hielo de una copa. Cruzamos miradas, ella me sonrió. Yo tiré de mis labios, forzando un gesto amable. La chica se introdujo otra aceituna a la boca —: ¿Eres de aquí?

—Más o menos… —contestó. Por fin empezaba a hablar de ella —: Soy de Dénia, pero me quedé tras hacer la especialidad. Lo de siempre. Era esto o Valencia.

—Valencia es bonita, pero le falta algo —contesté—. Aún así, no creo que jamás lo descubra.

La chica se movía nerviosa, hambrienta, sedienta. Observé sus movimientos, hiperactivos, toscos.

—Voy a pedir otra cerveza, hace un calor… —dijo.

—De mil demonios —sentencié—. ¿Te encuentras bien? Podemos ir a comer algo.

—No, no es eso —dijo y se rió—. Gabriel, eres muy especial.

Y ella estaba como una regadera.

—Tú también eres muy particular, Miranda —contesté sin mucha convicción—. ¿Te puedo hacer una pregunta? Off the record.

—Claro, lo que tú quieras.

—¿Qué piensas de las fotos? —pregunté. El semblante le cambió —: Las que os he mostrado esta mañana. Todo esto es muy raro. Rojo tiene sus teorías, yo tengo las mías.

—¿Y cuáles son? —dijo ella.

—Primero las tuyas, que para eso te he preguntado.

La chica respiró con fuerza. El anillo de su dedo corazón golpeaba el cuerpo de la botella de cerveza.

—No sé, chico —explicó—. A mí, ¿eh? Me da que son casualidades, que a veces pasan… No todo tiene una explicación.

Levanté la ceja —: Que hay mucho colgado suelto por ahí, y más ahora, con los festivales de música, la de droga que entra y sale… Lo que pasa es que, con todo esto de los políticos, están recortando gastos, y han empezado por los funcionarios. Por eso… por eso están tan pesados. Se pasan el día dale que te pego, insistiendo en que

encontremos algo, pero no hay más, unos cuerpos, unos tatuajes. Qué quieres que te diga… chico.
Miranda mentía como una hiena y, peor aún, como una principiante. A medida que las falacias salían por su boca de caramelo, el dedo corazón aumentaba el ritmo de choque contra la copa.
—No me has entendido —contesté y agarré su mano. Ella me miró confundida, y apartó la mano de la botella —: No tengo ninguna intención en denunciar a tu camello, al que os pase lo que os estéis metiendo. Quiero saber, venga, toda esta historia tiene un ingrediente extra…
La chica sonrió.
—¿Quieres probar? —dijo. Asentí con la cabeza —: No pareces…
—Tú tampoco —contesté—. Off the record.
Miranda se rió.
Me pregunté cuántas cosas le habría brindado a la vida aquella sonrisa.
—¿Sabes, Gabriel? —dijo con un tono juguetón—. Podríamos movernos a otro sitio.
Miranda levantó las cejas y me hizo gesto señalando a su bolso.
Pedí la cuenta, pagué con un billete y salimos de allí.
Embelesado por el ligero movimiento de sus pies, me perdí bajo aquel vestido, el meneo de sus piernas y una cuesta arriba que nos llevaba hasta un bar, en el interior de El Barrio. El lugar era el Mono, el mismo bar al que días antes había intentado de movilizar a la pandilla de perdedores con los que se juntaba Bordonado. Un lunes, el ambiente sería escueto. Cruzamos la puerta, estaba oscuro. Ninguna novedad. Aquellos chavales tenían razón: eran un bar de hombres, por y para hombres. Las mujeres tenían su espacio, pero escaseaban como el buen gusto y los buenos modales.
Miranda saludó con dos besos al camarero, un chico flaco con flequillo, gafas de pasta y un polo Ben Sherman de color negro. Allí todos parecían sacados del mismo sastre:

polos ajustados, camisas de flores, Fred Perry, ropa entallada. Sirvió dos cervezas en vasos de cristal bajo, un detalle que me recordó a la vajilla que mi abuela guardaba en el apartamento de la playa.

El mismo que servía las copas ponía la música, transportándose hasta una platina de vinilo por la que pinchaba temas de The Jam, The Kinks o The Specials. Todo muy modernista, pero el alcohol comenzaba a acusar el cansancio que arrastraba desde hacía varios días. Las horas sin dormir, el desasosiego por ir detrás de una pista que no dejaba marcas en el suelo.

Moví los pies al compás de las canciones, Miranda meneó sus caderas y comenzó a comportarse de una forma rara, seducida por el ritmo de la música. Sin venir a cuento, tan modosa como rabiosa, se lanzó sobre mí y nos morreamos hasta casi perder el equilibrio.

No fue un beso. Se trataba de una señal.

Sentí sus labios, su cuerpo, sus manos acariciándome el pelo. Su lengua mojada, afilada, saboreó mis dientes, mi lengua. Miranda me mostró lo que era capaz de hacer con un sólo miembro de su cuerpo. Masajeó mi lengua girando en círculos como un tornado, quitándome el aire, llevándome con ella. Después se despegó, retrocediendo unos pasos, regalándome una sonrisa final.

Tuve la sensación de que había pasado una eternidad, pero todo seguía igual. La música alta, los tipos en la barra y una pareja que nos miraba mientras pedía un cóctel.

Bravo, la agarré del brazo arrastrándola hacia mí, pero Miranda me dio su mejilla, dejándome claro que los besos vendrían cuando ella dijera.

—Ven —dijo echándose el cabello por detrás de la oreja—. Vamos al baño.

La seguí por unas escalerillas de madera hasta un piso inferior con baldosas de azulejo, negras y blancas, como un disco de ska.

—Estás loca —dije —, pero como desees. Todos saben que estamos aquí.

—Mejor cortarse un poco, ¿no? —dijo—. Además, Paquito es un tío enrollado.

Entendí que el tal Paco era el mismo que nos había puesto las cervezas, la música y ahora las dos rayas que machacaba la forense sobre la tapa del sucio inodoro.

—Una para cada uno —murmuró dándome la espalda.

—Yo… mejor paso —contesté—. Después se me sube a la cabeza y me pongo tonto.

Miranda esnifó la primera raya. Coca, speed, quién sabe. Pestañeó, echó la cabeza hacia atrás y dio un largo suspiro.

—¿En serio? —preguntó limpiándose la nariz—. Eres un poco rarito.

—Bueno, en realidad… —empecé cuando la vi de nuevo de rodillas yendo a por la segunda.

Zas. Otra esnifada.

—Mierda —exclamó—. ¡Joder! ¡Cómo entra! ¿De verdad que no quieres probar? No te hará nada malo.

—Pensé que me ibas a hablar de los cangrejos…

Miranda se sentó en la taza del wáter y estiró el vestido.

—Ven aquí —dijo y me agarró del pantalón. Desabrochó la bragueta y empezó a tocarme la polla —: No me cortes el rollo ahora, Gabriel…

Guardé silencio y me dejé llevar. Primero, me masajeó los genitales hasta que se me puso dura como una barra de mármol. Después, con tacto aunque algo agresiva, se la metió en la boca y comenzó a chupármela. Nervioso, era incapaz de disfrutar sabiendo que alguien podría entrar en cualquier momento. Miré hacia bajo, vi su cabeza, los ojos cerrados, sumergidos en la felación. Era buena, buena de verdad. Sentí su segunda mano en mi pecho mientras la otra me bajaba los vaqueros. No quería estropearlo, no quería terminar allí.

Miranda abrió los ojos, separó sus labios de mi pene y dio un lametón.

—Ahora, fóllame —ordenó. Se puso de pie de un salto, me agarró del cuello y me sentó sobre la taza —: Venga, que estoy muy cachonda.

La penetré. Ella me introdujo en su mundo. Allí, mientras Miranda se tocaba el pelo y subía y bajaba, balanceándose sobre mis piernas, llevándome casi a las lágrimas, yo me concentraba en no correrme a la primera, leyendo lo que otros habían escrito en las paredes de los baños, pensando en frases que yo mismo podría dejar. Los cuerpos empapados, un dolor de cintura que empezaba a ser molesto y las uñas sobre mis hombros, fue todo lo que sentí antes de una ola de esperma saliera de mí, la inundara por dentro y culminara con un bofetón en mi cara. Dios. Joder.

Terminamos a la vez. Tuvimos aquella suerte.

—Lo siento —dije, refiriéndome al accidente, sin pararme a pensar en que no habría sido el primero para ella.

La chica se levantó, cogió papel higiénico y salió del baño. Al levantarse el vestido, me di cuenta que llevaba tatuado un crustáceo bajo la costilla.

Me subí los pantalones a toda prisa, debía de estar molesta y tenía que calmarla.

—No te preocupes —me dijo sacándose una toallita de la entrepierna y tirándola a la papelera —: Estoy limpia. Ha estado bien.

—No me lo esperaba, de verdad —contesté. Fui patético.

—¿Sabes? Tengo un trabajo difícil. Paso mucho tiempo con cuerpos sin vida, oliéndolos, tocándolos —explicó poniéndose maquillaje—. Me he acostumbrado a su olor, a su color, a hablarles. No tengo novios. No me apetece que me toquen cuando salgo del hospital. Es mi rutina, mi vida. Ellos no lo entienden, pero es así. Nunca funciona. De vez en cuando, necesito echar un polvo, sentirme viva. Eso es todo. Un poco de acción. Nada personal, no quiero que te confundas…

—¿Por qué llevas tatuado un cangrejo? —dije desde atrás, mirándola a través del espejo con los ojos cruzados. Miranda reaccionó, levantó la mirada hacia el reflejo y me miró a los ojos.

Cerró la cajita con los polvos y dio media vuelta.

—¿De verdad quieres saber? —preguntó. Asentí. Soltó una carcajada. No entendí nada —: ¡Ay! ¡Cuánto te gustan los chismes, Gabriel!

—¡No me tomes por imbécil! —dije levantando el índice. La situación se tensó. Miranda estaba jugando conmigo —: ¡Has mentido a la policía!

—Vaya con el juntaletras… —dijo con tono despectivo. Había algo en su voz que conocía. Era el tono de quien no quiere responder a las preguntas, el tono del síndrome de abstinencia, el tono de la droga —: Son todo bobadas. Yo no he mentido a nadie. Ahora, ¿qué? ¿Se lo vas a contar a tu amiguito? ¡Qué idiota soy! Vas a hacer que me echen del curro.

—Explícame lo del tatuaje, anda…

Alguien se acercaba a los baños.

—Es por moda, ¿vale? —dijo. Parecía avergonzada —: Me gusta, esto no es nuevo. Tú y tu amigo vais con algunos meses de retraso… ¡Con lo listos que sois!

—¿De qué hablas? Tan sólo han sido unas semanas…

—La gente se mete desde hace un verano, que no te enteras —explicó ajustándose las braguitas—. Lo que pasa es que se les ha ido de las manos, eso es todo. Ya sabes, como todas las movidas. Siempre pasa igual, los macarras de los gimnasios, los cabezas huecas. Esos que llenan las discotecas. Les gusta mucho el vicio y se ponen ciegos. ¿Quién te crees que era el de esta mañana?

—¿Y los cangrejos? ¿Qué pinta todo eso?

—Yo qué sé tío… —dijo pasándose una barra de labios—. Dicen que el que pasa las pastillas estaba metido en una secta. Después perdió a su mujer y decidió ponerse ciego todo lo que podía para contactar con ella, hasta el punto de perder la cabeza, y se convirtió en un cangrejo, como los demás…Que el holograma era un cangrejo. Eso. Pues eso ha pasado. Como los Illuminati, lo que pasa es que eso ya está muy visto, ¿verdad? Mañana lo tendrá Justin Bieber, y así…

—¿Qué secta? ¿Sabes cómo se llama? —insistí.

—¡Ay! —exclamó y agarró su bolso—. Qué mal te sienta follar, Gabriel. ¿Quieres meterte un viaje y vivirlo en tus carnes? A lo mejor encuentras las respuestas y dejas de darme la vara.

—¿Es un ácido?

—No —dijo—. Pega diferente. Creo que me queda algo, espera…

Dc pronto, mientras Miranda buscaba en su bolso, la puerta se abrió. Era el camarero, el famoso Paco.

—¡Se están liando a golpes ahí fuera! —exclamó. Parecía asustado —: Venga, Miranda, aquí no, que la policía está al caer.

La chica me miró con aires de que echara una mano a su compañero. Me encontraba perdido en aquel triángulo de complicidad pasajera.

Salí al exterior y me quedé boquiabierto con lo que vi.

Era el Barbudo, el amigo de Bordonado, aquel ser aburrido y sin vida con el que había compartido una cerveza días antes. Para mi sorpresa, de él sólo quedaba su camisa de cuadros y aquella barba de moderno a medias. El chico, fofo pero basto, había comenzado un combate cuerpo a cuerpo con dos prostitutas y su chulo. Las dos, una gorda con acento colombiano y otra, rubia, pintada y con acento ruso, tenían la cara magullada. El proxeneta se apoyaba en una pared con el pómulo partido, sangrando. Furioso, el chico se abalanzaba, fuera de sí, sobre las chicas, intentando golpearlas.

El camarero y yo intentamos mediar entre ellos, pero no sirvió de nada. Cuando miré a mis espaldas en busca de Miranda, un gancho me alcanzó la cara y me tiró al suelo.

Aquello dolió.

—¡Serás cabrón! —grité. Era el amigo de Bordonado, furioso, poseído. No tuve motivos para hacerlo, pero supe que no era una casualidad. Estaba drogado. Todo iba a terminar fatal.

Alguien llamó a la policía.

Otros dos proxenetas aparecieron antes de que los agentes

se presentaran. El chico se acercó a uno de ellos. Vi a Miranda correr calle abajo. Grité su nombre, me levanté y me aparté a un lado. El Barbudo agarró una botella y la partió contra el suelo. Un proxeneta con aspecto eslavo le dio una patada en las manos. El chico esquivó la patada, corrió hacia él y le clavó la botella en la garganta. Se escucharon gritos de terror. Miranda corría y se perdía al fondo de la calle, de las luces amarillentas. Sangre a presión, como una boca de riego. Busqué ayuda, pero no había nadie. La puerta del bar estaba cerrada. El camarero había desaparecido. El chico del pómulo partido sacó una navaja, se acercó por la espalda y se la clavó en un riñón. Dos puñaladas rápidas. La tercera no llegó. El chico lo empujó hacia atrás, se sacó el cuchillo de la herida y, con el puño ensangrentado, le rebanó el cuello al otro eslavo. Salivaba. La piel pálida, los ojos amoratados. Cayó de rodillas. Se estaba desangrando. Después se desplomó.

Escuché una sirena de policía a lo lejos. Me levanté y corrí en la misma dirección que Miranda.

Se escucharon golpes, gritos, más golpes. Huí de aquel episodio de terror, esperando que se perdiera a mis espaldas, sin mirar atrás. Me dejé guiar por la estela de perfume que la chica dejó en aquella noche húmeda y solitaria. Diez minutos después, la encontré, en un portal, inconsciente. La llamé por su nombre. La gente nos miraba. Le di dos bofetadas, pero no respondía. Murmuró algo. La policía comenzó a rodear la zona.

—Vamos, Miranda, haz un esfuerzo… —dije y la cogí por los hombros, como una pareja ebria que regresa a casa tras varias copas. Todavía podía andar, estaba despierta. ¿Cansada? Tal vez. Necesitaba una ducha.

Llamé a un taxi, la llevé a casa y nos metimos en el ascensor.

—¿Gabriel? —murmuró—. ¿Eres tú?

—Sí, soy yo —contesté—. Guarda tus fuerzas, las vas a necesitar.

—¿Me has salvado tú? —dijo. Pareció recobrar el sentido.

Introduje la llave. Empujé la puerta y sentí una fuerte corriente de aire en mi rostro. La ventana estaba abierta. Sin embargo, un fuerte olor me dio en las narices. Era áspero, profundo. Olía a playa, a puerto, a humedad y pescado podrido.

Busqué el interruptor, pero no funcionaba. La luz de la entrada se había fundido.

Caminé hasta el salón, todo parecía estar en orden.

—Vamos, voy a darte un baño —dije.

Caminamos hasta el aseo. El olor era más fuerte.

Escuché un ligero ruido. Golpeé algo con el pie.

Abrí la puerta. Pulsé el interruptor.

Estaba temblando.

Primero vi la cabeza del chico, después su cuerpo, sumergido en la bañera sobre un líquido sanguinolento. Era Bordonado, el pobre becario, el mismo que había visto horas antes encontrarse con aquella chica: desnudo, flotando en la bañera, con las manos sobre el azulejo; sin ojos, sin vida y sin piel; rodeado de cangrejos ermitaños que picaban los restos de carne despedazada, entrando por sus orificios, saliendo de los restos de su alma.

Dejé a Miranda apoyada en la pared y saqué el teléfono despacio.

Tenía que hacer una llamada.

Antes de marcar, la pantalla se iluminó.

Alguien telefoneaba.

Era Rojo. Pulsé el botón y me puse al auricular.

—Tenemos que encontrarnos —dijo con voz temblorosa—. Ha sucedido algo inesperado.

Respiré.

Aguanté dos segundos.

Después descargué mi estómago en un mejunje amarillento.

—Sí… —contesté.

—¿Qué está ocurriendo, Gabriel?

Decadencia.

Período histórico. También, pérdida progresiva de la fuerza. Como el vagón de una montaña rusa en el parque de atracciones, desde lo más alto, en el mismo momento en el que se detiene: tomas aire, un cosquilleo atraviesa la zona rectal, los músculos se entumecen, aumenta la presión; siempre has pensado que es el momento idóneo para pensar en tu vida, que lo verías todo como en un negativo de película, rápido, en movimiento. Te decepcionas por no ser así. Careces de tiempo, sólo respiras. Tomas aire, te agarras a la barra metálica. Eres tan idiota que olvidas de disfrutar el momento, etéreo, único, fugaz. Sientes el descenso, a cámara lenta, apenas centímetros, aunque para ti supongan kilómetros. Pierdes presión. Caes a toda velocidad, el tiempo se estira, tu corazón se congela, vuelve a latir, suenan campanas en lo más alto, coges aire de nuevo.

El fiambre de aquel joven seguía allí, consumido, con los brazos colgando por la blanca bañera, ahora hecha un estropicio. Sentí una punzada en el pecho, sin saber muy bien si se trataría de una angina o la carencia de ejercicio. Miré a Miranda, que recuperaba el aliento y lo volvía a perder, devolviendo junto a un montón de cangrejos que flotaban en el inodoro.

—¿Qué ocurre, Gabriel? —repetía el oficial Rojo al otro lado del teléfono. La chica gimió —: ¿Quién hay ahí?

—Tienes que venir a mi apartamento —dije y la agarré del brazo, arrastrándola hacia la cocina—. Mejor que lo veas con tus ojos.

—Voy para allá —dijo.

—¡Espera! —grité antes de que colgara—. Ven solo. No envíes a nadie, ni siquiera a tu secuaz.

Escuché su respiración al otro lado del micrófono. Saqué un vaso del armario y lo llené de agua. Después se lo di a la chica.

—Está bien… —dijo—. No hagas nada extraño.

Miranda se acercó al fregadero y arrojó de nuevo.

—Joder, lo estás dejando todo hecho un asco… —exclamé y le sujeté el cuello. Abrí el grifo, rocié agua fría sobre la nuca y busqué una pastilla de vitamina B12 por los cajones —: Tómate esto y no lo vomites.

Como una paciente, tomó la píldora y volvió a beber. La arrastré de nuevo hacia el salón y la acosté sobre el sofá. Después la desnudé, deshaciéndola de aquel vestido negro tan bello, entonces manchado y maloliente. Al cambio, le puse una camiseta blanca de algodón con un dibujo de la Sagrada Familia en negro. Después la cubrí con una vieja manta y recé para que no destrozara el sofá.

La mayor parte del tiempo, la chica no era consciente de lo que estaba sucediendo y cuando lo era, carecía de fuerzas para algo más que devolver.

No podía moverme de allí, debía esperar si deseaba sacar algo en claro. Tendría que ser cuidadoso. No podía acabar con las pocas pruebas que teníamos.

Quién lo hiciera, conocía mi paradero, mi vida. Tal vez, me hubiese estado observando durante los días anteriores, esperando a que saliese. También lo conocía a él, al chico. Menudo hijo de perra, pensé. Regresé al baño y tomé varias fotos con el teléfono. Lucía pálido como una barra de jamón cocido, el rostro cansado, los párpados cerrados. Lo sentí por él, porque no tenía culpa alguna. Acababa de tener una cita. ¿Cómo se podría ser tan mal nacido? Sin embargo, la ausencia de magulladuras me hizo reflexionar.

Tal vez, Bordonado no fuera asesinado. Tal vez, alguien tomara su cuerpo una vez muerto. Tal vez, se hubiera drogado como un chimpancé. Tal vez, tal vez. Aquellas cosas me quedaban demasiado grandes y la única persona que nos podía ayudar, dormía en el sofá.

Sonó el timbre. Caminé hasta la puerta, miré por el ojo de buey y también a mi alrededor. Era Rojo.

—Pasa —dije.

—¡Oh! ¿Qué es esa peste? —dijo. Cerré de un portazo. El oficial dio varias zancadas ignorando a la chica, guiándose por la embriagadora putrefacción.

—¡Madre de Dios! —exclamó—. ¿Has llamado a una ambulancia?

—No. Está muerto.

—¿Cómo lo sabes? —dijo y me apartó con su brazo musculoso a un lado. Apartó a los crustáceos de un manotazo y buscó el pulso en su cuello —: Tienes razón. Menudo horror.

—¿Qué hacemos? —dije con la voz quebrada.

—Déjame pensar… —contestó husmeando los alrededores—. Tengo que llamar a la oficina.

—No, no puedes —dije abatido. Rojo me miró desafiante —: La persona que ha hecho esto nos ha estado vigilando.

—Sigue…

—Esta noche han pasado cosas muy raras —expliqué—. Alguien está buscando una forma de vengarse. La droga, lo que sea que están vendiendo, está dejando inútil a la gente.

—¿Qué has visto?

—Gente viva cuando debía estar muerta.

—Tenemos que hacer algo con él —dijo Rojo señalando al cuerpo. El olor comenzaba a ser insoportable. El hedor había inundado la casa. En unas horas, llegaría al resto del edificio.

—Tú dirás.

—En cincuenta minutos, llamaré a la Brigada —explicó—. Para entonces, tú ya te habrás largado a otro piso. Contactaremos contigo, buscaremos una coartada segura.

Haz lo que creas con la chica, pero ella tampoco ha estado aquí. Espero que hayas sido cauto y no tengas demasiado por tapar… El código es el código. Nos veremos dentro de dos días. Te esperaré en un pub llamado Texaco, en la playa de San Juan, sobre la hora de la cena. Son conocidos, zona segura.

—Como quieras —contesté—. No sé a dónde puedo ir.

—Búscate la vida, Caballero —respondió tajando—. Eres mayorcito, ya sabes cómo. Por supuesto, no quiero llamadas o cualquier tipo de contacto. Desde el asunto de Tabarca, alguien intenta terminar con mi carrera.

No habíamos vuelto a hablar de ello.

El romance veraniego que habíamos tenido, no había sido más que eso, un conjunto de batallas que contar para que después cogieran polvo en el trastero del subconsciente. No había logrado olvidar el oscuro episodio que viví doce meses antes, el año de la selección Española, la pérdida de mi amigo Hidalgo, Clara, Blanca Desastres. Ninguno de los tres volvimos a mencionar lo ocurrido. Fue como aquella película de adolescentes en la que mataban a un pescador en medio de la carretera. Todos guardaron el secreto y el asesino fue terminando con todos en dos horas de cinta. Lo nuestro no llegó a tanto. Todo lo contrario, perdimos el contacto. Cada uno por su lado, dándonos las espaldas, ignorando lo único que nos había unido para siempre, huyendo de la historia. Como yo, el oficial continuó con sus episodios laberínticos, en busca de respuestas, cazas de brujas y tranquilidad.

Siempre tuve la sensación de que, con Violeta, aquella atractiva terapeuta con la que me acosté y, horas después, intentó matarme, no había terminado todo. Una red, un engranaje ensayado, bien calculado. Era cuestión de tiempo que los topos salieran de sus agujeros.

—Habrá que moverse —dije desairado con el único ánimo de abandonar mi morada. Pronto los agentes entrarían en el apartamento, buscarían pruebas que me pusieran bajo vigilancia y me impedirían el paso en una larga temporada.

—Espera… —dijo Rojo cogiéndome del hombro. Al girar, vi un disco en su mano —: ¿Tienes un reproductor de vídeo? Quiero mostrarte algo antes de que te marches…
Caminamos al salón, encendí la televisión. La luz de la mañana se colaba por el balcón.
—Ya me contarás cómo ha terminado aquí —dijo el oficial refiriéndose a la chica—. No parecía el tipo de chica…
Cogí el DVD y lo introduje.
Pulsé el botón de reproducción.
—¿Todavía te crees todo lo que ven tus ojos? —dije mirando a la pantalla.

La pantalla se tiñó de color azulado. Una grabación casera, tomada por el mismo que empuñaba la cámara. Una habitación espaciosa, una puerta que conectaba con un salón. Una casa de campo. El audio petardeó, la grabación continuaba estática. De pronto, aparecieron unas mujeres, muy delgadas, con el pelo rubio de color platino, tal vez ceniza. La mala calidad de la cinta parecía haber saturado los colores.
La cámara hizo un primer plano de ambas mujeres, después las redujo a un plano general.
Llevaban vestidos blancos, amplios y sueltos. Reconocí el rostro de una de ellas: era la mujer del oficial Rojo, la misma señora que vi sobre el marco del escritorio, la primera vez que nos encontramos en su oficina. Estaba cambiada, no supe definir muy bien el qué. Puede que envejecida, aunque poseía un aspecto juvenil. Las dos mujeres tenían un físico atractivo pero la muerte relucía en sus otros. Tal vez la droga, quién sabía. Miré a mi lado izquierdo y encontré al oficial absorto en las imágenes, desconectado. No sería la segunda vez que veía aquel vídeo, ni la tercera.
Lo habría visto decenas de veces antes de que me telefoneara.
Las mujeres caminaban descalzas sobre el suelo de madera del amplio salón. Un salón en el que no existía sofá, sillas o si quiera estanterías. Un salón pulcro en el que dos mujeres

comenzaban a danzar. La mujer de Rojo miraba a la cámara, sometida por las indicaciones que alguien le daba tras la cámara. La otra mujer, posible madre de varios hijos y señora de algún hombre abandonado, parecía más envuelta en el ritual. Entonces, se desveló el misterio, la mujer dio un salto y dejó al descubierto su torso: un cangrejo. Para nuestra sorpresa, la esposa de Rojo hizo lo mismo, pero su cuerpo estaba limpio de tatuajes. ¿Un ritual de iniciación? Pensé que Rojo tendría la respuesta a muchas de mis preguntas. Él definiría la vejez de aquel video, el cual estaba grabado en un momento atemporal, ya que resultaba imposible concentrarse en los objetos. Todo parecía calculado al detalle.

El sonido petardeó de nuevo. Se escuchó una voz masculina por encima de la grabación. Quién lo hubiera montado, carecía de nociones digitales por completo.

—Mantente alejado, no puedes hacer nada —dijo la voz con acento—. Saben dónde está tu mujer, fuera de tu alcance. Date por vencido, no interfieras. No puedes hacer nada.

La locución tenía un acento extranjero, nativo, pero no ibérico.

—¿Sabes de quién se trata? —pregunté. Tenía el rostro tenso, los músculos apretados. Rojo iba a explosionar por instantes.

—Mejicano —contestó—. El acento es mejicano, es todo lo que sé.

—Te están chantajeando, Rojo.

—Te equivocas, no es a mí —contestó—. ¿Acaso no has visto el vídeo?

Rojo estaba alterado, confundido, con la mirada puesta en una imagen congelada de su mujer en la pantalla. Por mucho que lo intentara, no podía imaginar lo que sentía. Encontrarse tan cerca de una pista, de un paso al frente, aunque fuese en falso. Quien se hubiese puesto en contacto con él, también lo había hecho conmigo. No me cabía duda de que aquella persona nos vigilaba antes de que nos diésemos cuenta de lo que sucedía. La droga era un negocio activo, prolífico y beneficioso. Era cuestión de tiempo que la gente deseara más y más. ¿De dónde procederían las cargas? De fuera, del Este. Las drogas sintéticas llegaban con el sello de fabricación ruso. El consumo de heroína en la vieja Unión Soviética era un negocio seguro: Rusia tenía prohibido el consumo de metadona. Las ganancias multiplicaban los salarios de un oficinista. La escasez de drogas naturales en los países fríos, provocaba que se incrementaran los sucedáneos de estupefacientes.

Necesitábamos ganar tiempo, rapidez. Pensar, de nuevo, como un equipo, conectados. Dos cabezas no eran suficientes, menos todavía cuando Rojo podía flaquear en cualquier momento debido a un ataque de añoro.

La tercera cabeza.

Pensar en ella, me revolvía las entrañas, haciéndome sentir un pedazo de estiércol.

La oferta debía de ser muy tentadora.

—Conozco a alguien que nos puede ayudar en todo esto —dije.

Rojo me miró, levantando la vista de la pantalla por un momento.

—Estás tardando, Caballero —contestó—. Sé un hombre y haz esa llamada. La necesitamos.

Hablábamos de la misma persona: Blanca Desastres.

El sol alumbraba el salón. Las persianas de las cafeterías chirriaban al subir desde la calle. Sirenas de ambulancia, ruido, tráfico y un olor a cafetera que entraba por el patio de luces.

—Es hora de marcharse —dije dándome media vuelta. Caminé hasta ella, Miranda. Estaba dormida. Me agaché, acercándome a su rostro, apestoso y sucio. Acaricié sus carrillos —: Despierta, tenemos que irnos.

Miranda movió los ojos sin abrir los párpados.

Gruñó.

—Cinco minutos, por favor—musitó.

—No, no puede ser hoy —contesté—. Lávate la cara y vámonos. Está la policía aquí.

Abrió el ojo izquierdo y vio al oficial. Se restregó la otra cuenca con los dedos y dio un bostezo.

—Mierda —dijo—. Maldita sea, ¿y el muerto? Lo he soñado, ¿verdad?

—No es momento para explicaciones —dijo Rojo apagando la televisión y extrayendo el disco—. Señorita, haga caso a lo que le diga Gabriel. ¿Quiere?

—Ni hablar, yo me voy a mi casa —contestó abrumada—. ¿Qué ha pasado, Gabriel? ¿Qué pasa aquí?

—Miranda… —dijo Rojo—. No me obligues a llevarte a comisaría. Si declaras, se te caerá el pelo. Obedece y lárgate con él.

La chica se quedó boquiabierta.

—Lávate en la cocina, anda —ordené—. Tenemos que salir echando leches.

Miranda se levantó muy sensual bajo mi camiseta, luciendo unos muslos finos y rosados, como las patas de una gacela.

—Y haz el favor de ponerte unos pantalones —añadió Rojo.

Le di unos vaqueros estrechos que le sentaban bien. Dije adiós por última vez a aquel apartamento, a mi corta vida en ella pero sin demasiada pena.

Me despedí de Rojo con una señal telepática y salimos de allí, agarrados por el brazo, como quien arrastra a un maniquí. Miranda todavía se encontraba bajo los efectos de una resaca que se hacía más y más presente.

Limpié su nariz de sangre reseca y me regaló una sonrisa.

Una lástima, un recuerdo de las batallas del ayer. Tal vez, no fuese ni droga. La oferta y demanda, las modas, el sentirse diferente, único, cuando, en la pubertad, era lo último que se deseaba. Un cúmulo de factores nos había llevado a una espiral de consumo absurda, ligada a las tendencias, a lo que creíamos ser, parte de una corriente, que al final convertíamos en la corriente original, cayendo a un abrevadero, siendo parte de la mitad que se ríe del

resto, mientras la otra mitad hace lo mismo con nosotros.
—¿A dónde vamos? —preguntó Miranda.

7

Esconderme era lo único que sabía hacer, esconderme era algo que se me daba bien. Por el Porsche entraba un torbellino de aire tórrido. Miranda clavaba la mirada perdida sobre el horizonte: montañas de tierra marrón y una playa. Abandonaba la ciudad, el puerto, dejándome llevar por los paisajes de las carreteras secundarias, los bares de camioneros y una perspectiva lejana de los aviones que aterrizaban y despegaban del aeropuerto de El Altet. Por la radio sonaba una canción los ochenta que conocía pero no recordaba.

—¿A dónde vamos, Gabriel? —insistió Miranda, marchita sobre el asiento, moribunda y deshecha.

—Buena pregunta —contesté, apreté el acelerador.

Veinte minutos después, aparcaba el vehículo en una calle estrecha, junto a una playa que todavía no había despertado. Varios octogenarios caminaban con la camiseta echada al hombro hacia la costa. Bajo sus brazos, una sombra, la religión estival. Poner la sombrilla, coger sitio, hacer ejercicio, fumar un cigarro, regresar a casa. El sacrificio familiar, el sufrimiento pagado por el disfrute de otros. Mi generación no era así, no. Éramos egoístas y no una pandilla de mandados como aquellos abuelos. Ellos nunca supieron lo que significaba la palabra libertad: trabajo de joven, trabajo de adulto, trabajo bajo el lecho de muerte. Si algún día tenía hijos, no sería yo quien les plantara la sombrilla, pensé —: Es aquí. Hemos llegado.

Miré por la ventanilla, hacia arriba.

Era crucial no llamar la atención, aunque ya lo hubiésemos hecho. La casa familiar de la playa, el único lugar donde encontrarse uno mismo. Un apartamento cercano a la costa, con vistas a una orilla de playa brillante y calurosa, atizada por los rayos del sol.

Allí nadie me reconocería.

Subimos al apartamento, abrí las ventanas e invité a Miranda a que se diera una ducha y una buena siesta. Los dos necesitábamos dormir, aunque algo me lo impedía. Cuando la convencí para que se metiera en el baño, esperé al ruido de la ducha y salí al balcón.

Encendí un viejo transistor, sintonicé Radio 3 y barnicé aquella nublada mañana de verano con la música de la emisora. El aleteo de las gaviotas fue suficiente para darme cuenta de que necesitaba la ayuda de Blanca Desastres. Por una parte, no quería involucrarla en otra de mis historias. Por otra, tarde o temprano se vería salpicada.

—¿Sí? —dijo su voz al marcar—. ¿Quién es?

—Hola Blanca, soy yo —contesté —: Gabriel.

—Hola Gabriel —dijo con voz seria—. ¿Qué quieres?

Se hizo un silencio. Respiré. La voz me temblaba.

—No he llamado para disculparme, Blanca… —dije.

—¿No? —contestó—. Entonces, puedes irte a la mierda.

—¡Espera! ¡No cuelgues!

—…

—Te escucho respirar.

—…

—Necesito tu ayuda —supliqué—. No sólo yo, el oficial Rojo también.

—Un poco tarde, Gabriel —contestó decepcionada. Dios sabe cuánto tiempo habría esperado aquella disculpa que jamás llegaría —: Estoy de vacaciones, no tengo tiempo para vuestras historias.

—Te lo digo de verdad, Blanca —repetí—. Algo muy extraño está sucediendo en la costa. Rojo ha dado con alguien que conoce el paradero de su mujer.

Blanca guardó silencio de nuevo. Desde el principio, se

había mostrado intrigada por el misterio que había tras la desaparición de la mujer del oficial. No sólo por ella, sino también por todas las mujeres que se habían vuelto invisibles para la sociedad.

—No sé, Gabriel.

—Sabes que eres la última persona a la que molestaría —dije —, pero estamos desesperados, no tenemos otra opción… Hay una situación muy tensa en toda la costa. Está muriendo gente a causa de una nueva droga, nadie sabe nada, pero la policía tampoco puede pararlo. Tú tienes un don para la intuición, Blanca. Sin ti, no seremos capaces de unir las piezas…

—¿Qué hay de las ganancias?

—Tú te quedarás la historia —dije resignado. Lo hice por Bordonado —: Te lo prometo.

—Quiero el cien por cien, Gabriel —dijo—. No estoy pasando por un buen momento económico.

Vacilé en preguntar por su familia, pero no lo hice.

—Como quieras —contesté—. ¿Cuándo vienes?

—Dame unas horas —dijo —, conozco el camino.

De pronto, escuché un portazo. Procedía del apartamento. Caminé hacia el interior. Miranda se había marchado y me había cerrado desde fuera.

—¡Mierda! —dije y corrí al balcón—. ¡Miranda!

La chica se metió en mi coche y desapareció por el cruce.

—¿Con quién hablas? —repetía Blanca.

Después colgó.

Reflexioné por un segundo.

—Te dije que no me llamaras… —dijo la voz resentida del oficial Rojo—. ¿Qué demonios quieres?

—La chica, se ha dado a la fuga —contesté—. Se ha llevado mi coche. Manda un aviso a todas las patrullas, que localicen el vehículo y lo sigan. ¡Ella es el señuelo!

—Un momento… ¿Qué estás diciendo, Caballero? —preguntó desconfiado—. ¿Cómo eres tan imbécil?

Tenía razón.

Fue un accidente.

—No hay tiempo para explicaciones, diles que rodeen todas las salidas —dije—. No le llevará más de diez minutos abandonar el pueblo.

—¿Dónde te encuentras? —preguntó.

—En el apartamento de la playa.

—Enviaré a alguien, no te muevas —dijo—. Mándame tu geolocalización.

El oficial Rojo gruñó y colgó.

La playa, desde aquel balcón, parecía un chorro de agua cristalino. El sol reflejaba dejando chispas blancas y en el horizonte, los barcos diminutos cabían en mis manos.

Regresé al interior del apartamento, desordené los cajones y armarios, en busca de una copia de las llaves de la casa. Busqué y rebusqué. Di una patada a la mesa, desesperado. Si debía esperar a que llegara alguien, lo habríamos perdido todo. Fui al balcón, calculé la distancia. Si saltaba desde un segundo piso, me rompería una pierna. Los vecinos del primer piso tenían el toldo abierto. Deslizarme por el toldo, amortiguaría la caída.

Con el pulso inestable, di una vuelta obtusa a la baranda, y me dejé caer hacia el vacío hasta tocar la tela con los pies. Como en toda calle, alguien me vio bajar. No llegué a poner un pie en el toldo, cuando una niña comenzó a gritar a los cuatro vientos.

—¡Un suicida! ¡Que se tira!

El resto de vecinos salió a los balcones, molesto por no poder dormir la siesta.

—¡No te tires todavía! —gritó un hombre de la calle. La distancia con la superficie era de escasos metros —: ¡Espera, chaval! ¡Que te agarro!

Solté las manos de los barrotes de aluminio sin escuchar las advertencias. Sentí un cosquilleo en la parte baja de las nalgas, la lona del toldo en mis pies y un ligero rebote que me deslizó hasta el final. Todo sucedió tan rápido que no sentí la caída. Escuché un asombro colectivo procedente de los balcones de la calle. Para algunos, sería lo más interesante del día. Mi cuerpo se deslizó como un gusano de goma hasta que me golpeé los dedos con la baranda del balcón y caí sobre el pavimento de la parcela.

Comprobé mis articulaciones, estaba dolorido, pero no parecía haberme roto nada. Un hombre con camisa de manga corta y gafas de aviador se acercó.

—¿Estás bien? —me preguntó—. ¿No puedes llamar a los bomberos?

Los curiosos se reproducían como parásitos, en la calle, en los balcones. Era el objeto de su atención, a la espera de dar una respuesta al por qué de todo aquello. Un coche tocó la bocina espantando al rebaño.

—¡Venga! ¡Levanta! —repetía el hombre—. Que te has quedado pasmarote…

El claxon, de nuevo, se abrió paso entre la multitud. Un Mercedes SLK de color verde, tan alargado y fuerte. Agarré el brazo de aquel hombre que me ofreció su ayuda, me incorporé y volví a mirar el vehículo. Tocó de nuevo la bocina, invitándome a subir. Era ella, había venido a por mí, mi heroína, a rescatarme.

Caminé cojeando hasta la ventanilla.

—¡Sube! —ordenó Blanca.

—¿Cómo lo sabías? —pregunté.

—Ponte el cinturón —contestó.

Puso primera, pisó el acelerador y salimos chillando, dejando una nube de humo a nuestras espaldas.

8

En la vida hay ciertas cosas a las que nunca te llegas a acostumbrar. Esas cosas pueden ser el dolor físico, el psicológico; la pérdida de un ser querido, una ruptura amorosa, una mala crítica, un despido laboral. Sin importar los acontecimientos, aprendemos a sobrellevar la causa, sin que esto signifique acostumbrarse a ella. La velocidad, la pérdida de control, otra sensación que para algunos funciona como estímulo y para otros, como castigo. En mi caso, jamás me acostumbraría a sentir la delgada línea entre la vida y la muerte, acariciándome el vello de los brazos, cuando el turbo del acelerador llegaba a su máxima potencia. Entiendo que, quienes lo hubieran probado, siempre quisieran repetir. No existe sustancia ni placer que esté a la altura, capaz de saltarse las leyes físicas y morales, capaz de poner en juego lo único que nos queda, la vida y que, en ocasiones, el azar nos la quita a cambio de un final devastador.

Con Blanca al volante, resultaba incontrolable el vértigo corriendo por mi coxis, revoloteando como un torbellino a través de la espina dorsal; un pájaro aleteando en el interior de mis tripas. Ella, por el contrario, conducía sin temor, ahuyentando a los vehículos que se ponían en nuestro camino. Sorteaba los semáforos, quemando pastillas de freno, dando giros imposibles y dejando pasmados a los conductores desquiciados que intentaban alcanzarnos en pleno centro urbano. Intenté mantener la cabeza ocupada mirando a la playa, a las sombrillas, la paz.

El corazón botaba dentro de mí como una pelota de goma. Al salir de la ciudad, despegué las uñas de la tapicería de cuero de aquel coche alemán y suspiré.
—¿Estás bien? —preguntó ella riéndose.
—Ahora entiendo que hayas venido tan pronto —dije, bajé la ventanilla y procedí a encender un cigarrillo.
—No fumes —dijo ella—. Es el coche de mi padre.
Guardé el cigarro en el paquete.
—Te ha llamado él, ¿verdad? —pregunté.
—Habéis tenido suerte… —dijo ella—. Estaba de vacaciones en San Juan.
—Todo tiene sentido.
—¿Hacia dónde vamos? —preguntó Blanca.
—Toma el camino secundario por el este —dije—. Lo más probable es que intente evitar los controles.
—Como quieras… —dijo bordeando el pueblo por la montaña—. ¿Cómo sabremos que es ella?
—Por mi coche… —contesté.
Blanca se volvió a reír, esta vez por el ridículo cometido. Después me volvió a mirar de nuevo y bajó la guardia
—No te preocupes, Gabriel. Daremos con ella.
Blanca pisó el acelerador, subimos una cuesta y cruzamos calles repletas de dúplex y urbanizaciones de casas con piscinas comunitarias. Todas iguales, todas similares y a la misma distancia de la playa. El crecimiento inmobiliario había acabado con parte de la montaña. Calles imposibles en pendientes lejanas. La última vez que recordaba haber pasado, no existía nada de aquello. Por un momento, me pregunté si todo merecía la pena.
Nos acercamos a la costa y continuamos en una calle de doble sentido. Dejamos a un lado una calle de restaurantes, arrocerías bonitas y pequeñas tabernas de paladar fino. La calle derivaba en un desvío de asfalto viejo que bordeaba una costa pedregosa. Al otro lado quedaba una montaña cortada y un faro en lo alto que nos vigilaba. A la derecha, en el horizonte de un mar azul picado, sobresalía la isla de Tabarca, solitaria, a la vista de todos. Por un instante,

ambos miramos en la misma dirección. El mismo infortunio por el que estábamos en aquel coche.
Hacíamos buena pareja, un equipo inquebrantable. Tan opuestos, que nos complementábamos. No obstante, aquel juego de ser yo, ella, los dos, no dio resultado. Las relaciones de pareja se miden como una canción. Blanca buscaba en mí, la melodía pop en un cajón de sastre. Por mi parte, deseaba impaciente encontrar el estándar de bop de su corazón entre tanta decencia, al ritmo que Thelonious Monk aporreaba el piano.
Para algunas parejas rotas, siempre les quedaría París.
A nosotros, Tabarca.
Salí de mis burbujeantes divagaciones cuando un destello cegador me giró el rostro. Volví a mirar a la calle. Era ella, Miranda, con el cabello al viento, conduciendo mi Porsche rojo hacia el horizonte.
—¡Ahí está! —señalé a Blanca—. No vayas tan rápido, será mejor que no nos vea.
Blanca frunció el ceño.
Seguimos al coche a una velocidad constante, dejándonos llevar por una carretera plagada de baches y curvas encerradas que dejaba turistas, sombrillas y bares de copas, a ambos lados de la playa. El paisaje era bello, árido, tostado: dunas, palmeras, maleza entre el asfalto y un sol mediterráneo candente que tintaba de brillo las olas del mar.
Por la radio, un grupo de surf instrumental ponía banda sonora a la persecución.
—Creo que me quedaré a vivir aquí para siempre —dije sacando la mano por la ventana. Estoy convencido de ello.
Y así era. Lo estaba. Por un momento, me sentí el hombre más afortunado del planeta. No lograba entender a esas personas que preferían el frío a una playa exótica, un montón de gente relajada, hombres y mujeres de próspera belleza, una gastronomía que sobresalía y un lugar único en el globo. Estaba enamorado de aquello, o lo que era peor, estaba enamorado de mi propia visión del mundo.

—¿Sabes? Yo también lo creo —dijo Blanca con cierto sarcasmo—. Eres un animal cautivo, salvaje, pero cautivo. Este es tu hábitat.

—¿Qué quieres decir? —pregunté suspicaz.

—Que no te veo yo, Gabriel… —dijo ella pero no logró terminar la frase. Llegados a un cruce, Miranda giró a la izquierda y subió una cuesta polvorienta que accedía a lo alto de la montaña. El camino nos llevaría a Gran Alacant, una de esas urbanizaciones ficticias que, con el tiempo, se había convertido en una ciudad dormitorio entre la capital y el resto. Un lugar lejos de la playa como para no vivir y desértico para esconderse. El lugar estaba habitado por familias, la mayoría de ellas de procedencia extranjera, que invirtieron en el ladrillo a principios de la década de 2000 y que, más tarde, hubieron decidido mudarse para siempre. Rusos, noruegos, alemanes, británicos, suecos… Banderas de diversos países, matrículas irreconocibles. Las calles del centro neurálgico de aquella urbe, no eran más que un espectáculo de chicos y chicas rubios, de ojos claros, tostados por la sobreexposición al sol y casi desnudos. Acechamos al coche por una de las calles centrales, paramos junto a un pub irlandés para jugar al despiste y después el coche se perdió en otro cruce.

—Ha estado cerca —dije—. Debemos llevar más cuidado.

—¿Qué hacemos aquí? —preguntó Blanca—. ¿Qué hay?

—No lo sé, pero lo averiguaremos —contesté.

La escasez de agentes del orden fue un mal presagio. En el caso de problemas, no tendríamos en quién apoyarnos. Cualquier patrulla necesitaría más de quince minutos hasta encontrarnos, debido al tráfico por sendas vías. Un período de tiempo que le bastaría a cualquier matón para deshacerse de nosotros, en caso de que fuera necesario.

Seguimos al bólido a lo lejos y vimos cómo bajó la velocidad por un camino polvoriento que nos llevaba a la nada, hasta estacionar frente a una propiedad acotada, una parcela de grandes dimensiones y vivienda de dos plantas que sobresalía por encima.

La chica se apeó del coche y pulsó el botón de cierre automático con una naturalidad innata, como si lo hubiese hecho durante años. Parecía nerviosa en sus andares, algo carcomida por el síndrome de abstinencia. Quién iba a pensar que una forense tan joven, con un futuro tan pulcro y sencillo de labrar, terminaría roída por los estupefacientes.

El sol picaba bajo las piernas. Blanca detuvo el motor junto a otros vehículos aparcados en batería. Apagué la radio del coche y me quité el cinturón de seguridad.

—¿Ahora qué? —preguntó—. ¿Esperamos?

—Voy a entrar —dije—. Quiero ver la cara de ese cabrón.

—No —dijo y activó el cierre automático—. Tú no vas a ninguna parte, Gabriel. Será mejor que llamemos a la policía.

Miranda tocó el timbre que había junto a la valla de la parcela. Dijo algo que fue imperceptible para nuestros oídos. Sacó un cigarrillo de su bolso y lo encendió. Exhaló humo. Apareció un hombre grandullón con la cabeza afeitada por los laterales, camiseta negra de manga corta, espaldas anchas y un brazo del tamaño de un jamón. El hombre abrió la puerta de la propiedad y la invitó a pasar. Debía de ser algún tipo de matón o guardia jurado, pero… ¿Quién tenía a un guardia jurado así en su propia casa? Desde el coche no se escuchaba nada. El silencio de la tarde, la calma de un día más de verano, sin música ni vocerío. El aleteo de las gaviotas retumbaba en el cielo. Algo se estaba cociendo en el interior de aquella parcela. Miranda nos había llevado a la guarida. Ahora, sólo teníamos que descubrir quién estaba detrás de todo.

—Ábreme —ordené—. No haré nada, te lo aseguro.

—No, Gabriel —dijo con la garganta quebrada—. Te lo pido.

Puse una mano en su hombro, pero no funcionó. Tan sólo quise acercarme a ella, pero lo hice más incómodo. Retiré la mano.

—Escucha, Blanca —expliqué—. No haré nada, lo juro.

Quiero echar un vistazo. Después, regreso y nos vamos. Soy el último que quiere meterse en líos, ¿vale?

Blanca me miró sin un ápice de complicidad.

—Date prisa —contestó—. No hagas que me arrepienta.

Salí del coche y caminé hasta la puerta de la vivienda. Di un vistazo alrededor y no encontré a nadie, tan sólo, una cámara de vigilancia que ya me habría visto. Fingí no verla, no quería preocupar a Blanca. Le hice una señal de orden y ella me devolvió la misma mirada de preocupación. Qué mujer. El miedo era la chispa de la aventura. Después contemplé mi coche, todavía caliente. Miranda había dejado el asiento del copiloto repleto de basura y cosméticos.

Alcé la vista por encima del seto que privaba la vista exterior, pero no logré escuchar nada. Deduje que se encontrarían en el interior de la vivienda. Saltar la verja, no era una opción. Llamaría demasiado la atención, saltarían las alarmas, y si no era aquel ex-combatiente, di por hecho que tendrían perros. De pronto, por arte de magia, el peso de mi cuerpo, sobre la tapia, accionó la puerta. Sonó un ligero ruido, provocando una apertura. La puerta se movió hacia dentro.

Aquel torpe se había olvidado de cerrar.

O tal vez no.

No lo podía creer, estaba dentro.

La entrada daba a un camino de grava. La finca era inmensa. Un jardín de setos, palmeras y un pequeño altar, decorado con la constante vigilancia de las cámaras de seguridad, que no se habían molestado en esconder. Una vez dentro, no quedaba más remedio que continuar. Supuse que aquellas cámaras ya habrían filmado mi presencia.

Caminé hacia el fondo, descubriendo una piscina que daba a la parte trasera de la casa. Tenía forma de estanque y estaba decorada por azulejos azules y cristal. La vivienda guardaba la semejanza de la arquitectura colonial: ventanales de madera, arcos en el soportal y las paredes de piedra. Silencioso, bordeé la parte trasera de la casa. Seguí un hilo musical de jazz electrónico que procedía del interior y se reproducía a su vez por los altavoces del jardín. Fue entonces, cuando sentí un movimiento. Algo se movió dentro de la piscina: una chica rubia de belleza extrema y finas, pero largas piernas, asomó la cabeza. Después salió de la piscina y agarró una toalla que había junto a una tumbona. La chica lucía un biquini de color negro que se ajustaba sin esfuerzo a su torso, un bonito cuerpo marcado por un cangrejo que cubría el costado derecho. Al secarse el cabello, se dirigió a mí.

—Hola —dijo con una voz sensual—. Llegas tarde, están dentro ya…

—Claro —contesté.

La chica me regaló una sonrisa.

—Tú cara no me suena… —dijo—. ¿Cómo te llamas?

—Gé —contesté.

Fue todo lo que se me ocurrió.

Volví a mirarla con disimulo. Caí en la cuenta de que su cangrejo tenía la silueta marcada de una línea azul.

La chica se acercó a mí sacudiendo la toalla, después me ofreció su mano.

—Yo soy Linda —dijo y le ofrecí la mía. Parecía muy simpática —: ¿Sabes? No pareces el tipo de hombre que se dedica a esto.

Desconocía de qué hablaba, pero no me gustó la forma.

—Lo tomaré como un elogio —dije y sonreí—. Mejor marcho, no quiero llegar tarde.

—Como quieras —dijo con un tono sensual—. Ha sido un placer, Gé.

Dejé a la chica observándome y seguí por el otro lado de la casa. Al llegar a la puerta principal, vi a otras doncellas en biquini bebiendo cava y tomando el sol sobre tumbonas blancas. Se trataba de una fiesta, no me cupo la menor duda. Sin embargo, me pregunté si aquellas chicas estaban invitadas o eran contratadas por alguien. Un camarero preparaba cócteles al lado de una barra improvisada y una de las ventanas de la casa. Era el único hombre allí. Me acerqué con la misma naturalidad que la vida me había dado y abordé al empleado.

—¿Qué le pongo? —preguntó el mozo vestido de camisa y pajarita.

—Un vermú —ordené—. En vaso ancho y corto, con mucho hielo, bien frío y aceituna.

El mozo me miró descolocado.

—Son guapas, ¿verdad? —dijo el chico—. Esta vida es una cuestión de dinero. Nada más. Pese a que nos quieran convencer de lo contrario…

—¿A qué te refieres?

—Estas mujeres saben que lo pueden tener todo —dijo resignado—. ¿Para qué conformarse con un hombre con una vida normal? Si le pides a la vida, y ésta te lo da, terminas pidiéndole más. Esto es lo que pasa. Desconocen que su belleza es temporal, y la magia de sus hechizos terminará por pasarles factura algún día…

—Aristóteles, déjate de monsergas, estoy sediento —corté llevando la conversación a otro lado. Aunque no le faltara razón a aquel sirviente entrado en la veintena, seguir hablando con él encendería las alarmas.

Desconocía la facha de aquellos hombres a los que se refería, pero sabía que no eran como uno los imaginaba.

—Aquí tiene —contestó con un apatía. Agarré el vaso y di un trago cuando alguien me abordó por la espalda.

—¿Qué tomas? —preguntó.

Me giré. De nuevo ella, la rubia de la piscina.

Mi presencia le había cautivado.

—Ponle otro a la señorita Linda —ordené al camarero.

—Muy amable —contestó la chica brillando como un lucero —: Pero no, gracias. Mejor dentro.

Acepté su invitación y la acompañé bajo el asombro de las otras mujeres que me vigilaban con cierto desazón.

Cruzamos un portal de hierro. Serían las cinco de la tarde, pero allí la oscuridad reinaba como si la noche fuese eterna. Una entrada opaca, fresca, protegida del exterior. Por el hilo musical, un ligero ritmo de bebop agasajaba para seguir caminando. Al fondo del largo pasillo, se podía ver la salida a un amplio y luminoso patio con una fuente en el centro. Me pregunté por qué alguien habría impedido a las chicas pasar. Las reglas estaban marcadas y no había momento de discusión. Miré a las paredes y vi enmarcada una colección de discos de vinilo. Portadas de álbumes pop y sus respectivos discos musicales. El propietario de la casa era un amante de la música, en concreto, del rock de los setenta. La chica se adelantó, dio varios pasos y meneó sus nalgas mientras sujetaba el vaso en mis manos. Al llegar a la esquina, bajo tres halógenos, unos hombres se empolvaban las narices sobre una mesa de cristal. Otras dos chicas hacían lo mismo. No los había visto en mi vida, pero parecían divertirse. Una chica de pelo corto y oscuro, meneó su vestido veraniego de un salto, sacó una botella de cava de una cubeta con hielo y la descorchó. Tres manos, aparecidas de la oscuridad, ofrecieron sus copas. Sonriente y estupefacta, rellenó los vasos y empinó la botella. Todos rieron. Uno de los hombres que se empolvaba la nariz, tocó un saxofón invisible. Una chica en traje de baño de tres piezas y cabello oscuro hasta los hombros, comenzó a menear las caderas. Era una auténtica fiesta. La chica de pelo rubio agarró dos copas vacías de la mesa, las rellenó de cava y me dio una.

—Está bien frío. Es un buen cava —dijo y brindamos—. Sería una lástima morirse sin probarlo, ¿verdad?

Noté retintín en sus palabras y me sentí un intruso en una casa ajena.

La chica del pelo corto entró en un trance hipnótico y descontrolado. Aquellos hombres reían, aplaudían, bebían y esnifaban sobre las piernas de otras mujeres que por allí pasaban. La chica del pelo corto seguía bailando. Una copa de cristal cayó al suelo. Sus pies la hicieron añicos. De pronto, un rastro de sangre que parecía no asustarle ni dolerle. El ritmo de la música aumentaba. Las revoluciones de aquel cuerpo lo hacían imparable, como una bola de fuego que alumbraba el salón. Entonces, se resquebrajó el vestido, lo arrancó con las manos quedándose casi desnuda. En su costado, otro cangrejo, recién hecho, protegido por un plástico transparente.

—¿Dónde está el baño? —pregunté a Linda. Ella parecía distraída con el espectáculo.

—Al otro lado del patio —dijo y me devolvió el rostro.

Salí de allí, crucé el patio y regresé a otra sala oscura de puertas cerradas, unas escaleras que llevaban a la primera planta y otras que conducían al sótano. Al ser una casa residencial, las puertas no tenían ninguna indicación que indicara que se trataba de un cuarto de aseo. Comencé por la primera y escuché si había alguien en su interior. Gemidos. Continué. Al parecer, la fiesta era algo más que una simple reunión de amigos. Encontré un cuarto vacío, una habitación normal con una cama hasta que di con el baño. Hice mis necesidades y me enjuagué el rostro con agua fría cuando escuché un ligero zumbido procedente de la primera planta. Parecía el de un aparato electrónico. No necesité más de tres segundos para saber qué era: una máquina rotativa para tatuar.

Salí del cuarto y busqué un interruptor de luz cuando escuché unas voces que procedían del primer cuarto. Me acerqué y puse el tímpano sobre la puerta.

La chica jadeaba.

—¡Estoy a punto! —gritó una voz masculina.

—¡Sí! —gritó ella—. ¡Vamos! ¡Dale!

Los dos gritaban y gritaban, gimiendo como gorrinos apaleados.

Sin quererlo, empujé la manivela, la puerta se abrió y tropecé varios pasos hasta tocar el suelo. Todo mi peso se vino abajo, así como el coito que disfrutaba la pareja. La escena se congeló por un instante.

—¡Perdón! —dije.

Vi el torso de la chica, también tatuado. No tardamos en reconocernos.

—¿Tú? —dijo sorprendida. Era Miranda —: ¿Cómo has entrado?

Se volvió hacia un lado y cogió una sábana para taparse. El hombre, un tipo cuarentón con calvicie, barriga redonda y una buena mata de pelo, me miró tumbado bajo el cabezal de la cama, desnudo por completo. Rápido, se giró a un costado y cogió una pistola del cajón de la mesilla de noche.

—¡No dispares! —gritó la chica, pero el hombre no hizo caso y apretó el gatillo. Me arrastré hasta los pies de la cama.

La chica gritó, de pie junto al colchón, pálida y desnuda.

El disparo atravesó el cristal de la ventana.

Corrí lo que pude hasta la puerta y volví a echarme a un lado.

Sonó otro disparo.

El proyectil falló contra el marco de la puerta. El hombre no esputó palabra.

Dando zancadas como un galgo, crucé el patio bajo la escolta de aquel tipo tras de mí; dejé atrás el espectáculo del baile, el vino espumoso y la droga y llegué a la puerta principal. Para mi sorpresa, un gigante de metro ochenta y cara de pocos amigos, me asestó un puñetazo en el estómago que no pude esquivar. El golpe, junto a la velocidad de la huída, me hizo retorcerme por el suelo, rodando como una croqueta humana. Las chicas en biquini reían, sin ofrecer algún tipo de consuelo. Estaba perdido, la vista se me había nublado y un fuerte dolor estomacal me impedía respirar. Cuando intenté recuperar el equilibrio, vi a Miranda a lo lejos, acercándose con rapidez. En su mano, llevaba la botella de cava que otros habían estado bebiendo. Un Rocky Balboa desesperanzado. El rostro de la decepción y la furia. La muerte llamando a la puerta, con un fusil bajo el brazo. Las últimas imágenes de una secuencia que terminó con un fuerte golpe en la cabeza.

El compás de las agujas de un reloj, fue lo primero que escuché. Un golpe frío y punzante me despertó. Una ola nocturna de agua helada rompió en mi cara. Abrí los ojos ahogado, estremecido. Una luz cegadora. Estaba empapado, me dolía la cabeza como en la peor de las resacas. Se habían molestado en maniatarme a una silla de metal que me inmovilizaba, pegándose a mis nalgas y a la ropa mojada. Un salón oscuro con una lámpara resplandeciente colgando del techo, circular, grande, rescatada de algún anticuario. También había pequeñas bombillas de forma alargada y una lechuza blanca, disecada, que se agarraba a los extremos, con la mirada clavada en todo aquel que la mirara. Frente a mí, unos tipos con muy mal aspecto y varios monitores de seguridad que mostraban lo que recogían las cámaras. No tardé en darme cuenta de la puerta quedaba a mi espalda y deduje que aquello sería un sótano al no ver ninguna ventana.

—Ha despertado —dijo una voz tranquila. Después, alguien me asestó una bofetada desde atrás.

¡Plas!

—¡Estoy despierto! —grité.

Escuché risas.

—¿Qué hacía aquí, señor Gé? —dijo otra voz masculina, sosegada pero más grave y con acento extranjero. Los rumores estaban equivocados. No era nativo, ni francés o italiano. Aquel acento era del norte. Tal vez, escandinavo.

—Se equivocan de persona —dije y guardé silencio. Escuché un taconeo de una fémina que se aproximaba.

—¿Es él? —dijo un hombre.

—Sí —contestó ella—. No sé cómo me ha seguido.

—¡Qué zorrita eres, Miranda! —dije al viento. De pronto, alguien volcó otro cubo de agua fría sobre mi cabeza.

¡Plas!

—Eso le enseñará a estar callado —dijo el presunto escandinavo—. A partir de ahora, contestará cuando se le pregunte. ¿Ha entendido bien? De lo contrario, será escarmentado. Me temo que la próxima vez no será agua lo que reciba.

—Entendido.

—¿Qué hacía aquí, señor Gé? —volvió a repetir la voz. Miré al frente. Dos hombres fornidos con el pelo corto y rubio, americana y gafas de sol, cruzados de brazos, me observaban esperando a que dijera algo —: Conteste, por favor.

—Ya se lo he dicho, ha sido un error.

—Eso que usted ha cometido —dijo con voz monótona —, se llama allanamiento de morada.

—Pues llame a la policía —contesté.

—No será necesario —dijo. Uno de los hombres se acercó y, sin preguntar, me asestó un puñetazo en el estómago. Era el tercero en menos de una semana. Sentí como si algo se desgarrara, como si mis tripas se hubiesen soltado. Escupí al suelo.

—Esto reducirá su insolencia —dijo la voz oculta—. Sé a qué se dedica, señor Gé. Usted y su amigo, ese policía... Parece que no les quedó claro que no deben hurgar con el hocico en terreno ajeno... Ya les advertí, esto no es un juego.

—Se cargaron al chico —dije.

—No se equivoque —contestó—. El chico le traicionó en menos de cinco minutos. No hizo falta insistirle demasiado para que hablara.

—Menudo desgraciado —dije molesto—. Aún así, eso no

justifica su muerte.
—A ver si me entiende —corrigió—. Nosotros no matamos al chico.
—¿Entonces cómo llegó al apartamento?
—Ya sabe… —rió—. Las malas compañías.
Todos siguieron la risa.
La voz se silenció. Escuché una respiración, el resto guardó silencio.
—¿Qué sabe de la mujer del oficial?
—¿Por qué le interesa tanto?
—Vi el vídeo.
—Manténgase al margen —contestó—. Esas mujeres son hijas del diablo. ¿Algo más antes de matarle?
—¿Quién es usted? No me cabe duda de que es un traficante —dije agitando la cabeza—. Lo tiene bien atado… Una organización criminal de poca monta, cuatro imbéciles drogándose, armando follón, apareciendo en los medios, sembrando la incertidumbre en un momento político-social delicado, y mientras tanto… Fiesta. Eso es todo. Lo único que nos queda. Hacer dinero al fin y al cabo. Ibiza no cierra, las costas no cierran. Verano, Spain is different… Cierto, ¿eh? Lo que no me queda claro, es lo de los cangrejos…
—He tenido suficiente —dijo—. Habla demasiado. Los españoles, en general, hablan demasiado… Me alegra saber que ignora lo que sucede… Admiro su terquedad por seguir una pista que no conduce a ningún lugar, pero su partida ha terminado.
—¿Dónde aprendió a hablar así? —dije. El grandullón me asestó un bofetón —: Mierda…
—¿Le excita el dolor?
—La gente como usted no puede salir impune —contesté. No sabía cuántos más golpes aguantaría. Era consciente de que me podía llevar uno más, el último antes de perder el conocimiento —: Ese dinero está manchado de sangre.
—Ajá —comentó—. Es eso. La droga… Eso es lo que le preocupa.

—Me preocupan muchas cosas, ¿sabe?
—Señor Gé —explicó —, antes de despacharle, déjeme mostrarle las cosas como son, desde otra óptica, entendiendo que, la droga, sea cual sea su forma, no es más que una sustancia, ¿tóxica? ¿estimulante? Tal vez, y debo darle la razón… Sin embargo, no es la droga quien mata, sino las personas.
—No me cuente el discurso del narco…
—Es una pena que el ser humano haya decaído en alguien hedonista, salvaje y descontrolado. No me sorprende que estén sucediendo tales cosas tan descabelladas…
—¿Por qué me cuenta todo esto? —pregunté.
Escuché carcajadas a mi alrededor, todas al unísono. No podía verlos, se encontraban en la oscuridad y yo bajo aquel foco de luz, en el centro de la sala.
—Dudo que vuelva a hablar después de la visita.
Me iban a drogar.
—Al menos dígame de qué se trata, quiero estar preparado.
—No se moleste, negarse sólo lo hará más complicado —contestó—. Es un producto nuevo en el mercado, al menos, en su versión inicial. Rusia está podrida con tanta sustancia barata… perviven porque no les queda otra mientras siga prohibida la metadona. Sin embargo, Europa es diferente, amigo… Ha costado lo suyo, pero se encuentra con la primera mezcla química que combina un cannabinoide sintético y manipulado, con una poderosa metanfetamina, quedando todo comprimido en una píldora mágica. ¿Magia? No… el despertar de la conciencia, señor Gé, no apto para el goce de cualquiera.
—Le van a dar un Nobel a la investigación
—Muy astuto… —contestó—. Esto justifica el poder de la ignorancia soberana del individuo, impuesta por nadie más que él mismo… Esto justifica las consecuencias de obrar como idiotas… Escúcheme, sabrá que los chamanes maya usaban la Salvia divinorum para hablar con los dioses, ¿verdad? ¡Ellos conocían las limitaciones de este plano

sensorial! ¡Vaya! Han tenido que pasar años para que la sustancia se concentre en un comprimido, como en el cuento de Alicia…

—Y usted es el conejo…

—No me malinterprete, no pretendo colgarme galardones que no me corresponden, pero… ¿Qué hay de malo en traer esa posibilidad? Sacrificamos vidas buscando posibilidades de existencia en otro planeta y nos olvidamos del secreto más antiguo… El despertar de la conciencia está presente, usted lo sabe, lo ha visto y experimentado con su cuerpo… El problema será resuelto tan pronto como lo legalicen… pero eso, al Gobierno de la vieja Europa, no le interesa. La droga es necesaria para justificar muchas cosas.

Las palabras de aquel individuo con rostro desconocido, acento limpio y sintaxis refinada, no me parecían más que las ínfulas de un excéntrico.

—¿Qué hay de los cangrejos? —pregunté.

—Pensé que su casta, la de los diarios, leía algo… —dijo decepcionado. Su ritmo dialéctico menguó —: Dígame que, al menos, conoce la historia de la Hidra de Lerna.

—No. Estoy cansado de juegos —dije.

La cabeza me pesaba demasiado.

—En fin, es una pena.

Comenzaba a hartarme de aquel cretino.

Sabía de lo que hablaba aquel hombre, al igual que fingía para que extendiera la lengua y me contara más de su particular versión de los hechos. Fue entonces, en un vaivén de la sesera, cuando me di cuenta de que todo encajaba: los tatuajes, las mujeres, las muertes… todo.

Me sentí como un idiota. Nos habíamos acostumbrado a conservar, sin poner en duda, la imagen estereotipada y alienante que las películas nos transmitían sobre lo desconocido; la imagen preconcebida de aquellos hombres malvados que cuidaban a sus esposas y ponían en juego a sus familias en los barrios neoyorquinos de las primeras migraciones; aquellos que habían nacido de la nada, del subsuelo, para morir en lo más alto; los mismos que decidieron un día cambiar los trajes de sastre de los años veinte por las cadenas de oro, los bates de béisbol, las recortadas y los puños americanos. El cine americano no hacía más que referencias a la música hip-hop, a la Biblia como manual de uso que saltarse y a la cocaína como musa de toda acción. Sólo el amor propio exacerbado de un lunático, de un pobre hombre con complejo de Dalí, podía llevar a comparar su excentricidad con la mitología clásica. Y así fue cómo me contó su historia, la historia de la Hidra de Lerna, una historia nueva, contemporánea, que ponía en otro lugar al Heracles que todos conocíamos. La misma Hidra de la que hablaba era a la que él había decidido subestimar, un horroroso monstruo acuático con múltiples cabezas y forma de serpiente a la que, en algún momento, Heracles había matado en la ciénaga donde se encontraba el reptil. El gigante cangrejo, que aparecía en todos los torsos de aquellos hombres y mujeres tatuados, representaba a una de las criaturas que habitaban en la laguna de Lerna, junto a la Hidra. Durante la pelea en la laguna, Hera, legítima esposa y hermana del dios Zeus, envió a un gigante crustáceo para que atacara los pies de Heracles y lo distrajera en su cuerpo a cuerpo, pero de nada serviría y Heracles lo terminaría aplastando con el pie. Por supuesto, no resolví aquel acertijo mientras me desparramaba en la silla, sino más tarde. En aquel momento, no entendía nada de lo que decía aquel cretino. El dolor de cabeza había aumentado, comencé a sentir un frío molesto, fruto de la ropa húmeda.

Moribundo y mareado, las opciones para salir del habitáculo con vida eran escasas. La sala estaba oscura y sentía la presencia de aquellos tres hombres, tal vez cuatro, frente a mí, a oscuras. A mis espaldas, no sé cuántos habría o si la chica permanecería todavía allí. Conté que, en unos minutos, me narcotizarían. Después, Dios sabría qué, aunque ya había visto los efectos devastadores de aquella sustancia. En el mejor de los casos, terminaría con el corazón en la garganta, un calamar apuntalado en el pecho y acusado de haber mordido la yugular de un desconocido. Las piernas me temblaban y el párpado izquierdo se movía descontrolado por los nervios. De pronto, todos notamos algo raro en uno de los monitores. Algo se movió, alguien había entrado en la casa.

—Vaya —dijo el hombre—. No sabía que viniera acompañado. Es usted un hombre precavido.

Puse atención a la imagen. Era de suponer que Blanca Desastres se hartara de esperarme en el interior del coche.

—Déjela en paz —contesté—. Hágame lo que quiera, pero a la chica, déjela en paz.

Escuché un chasquido y dos de los hombres escondidos salieron de la habitación.

—Es muy bella —dijo la voz desconocida—. ¿Su querida, señor Gé?

—Yo la conozco —dijo Miranda, rompiendo el silencio—. Nos puede traer problemas.

Por la pantalla, vi a varios hombres acercarse a Blanca. Impotente, temí por que la hirieran. El primer hombre intentó agarrarla del brazo, pero Blanca le respondió con un golpe en el diafragma y lo lanzó contra el suelo. Sorprendido, el segundo grandullón sacó una pistola eléctrica del cinturón. Observé a Blanca y recé todo lo que supe, deseando que aquel tipo tropezara con algo, que un golpe de suerte la salvara de una descarga. Él se aproximó con un primer intento, pero la chica le golpeó en la muñeca con una patada de kárate. La pistola voló unos metros, ambos la miraron, pero Blanca no tuvo la seguridad suficiente para lanzarse a por ella. Aquel vacile, se transformó en un error fatal. Buscando algo con lo que defenderse, el matón recuperó su arma y caminó decidido hasta la chica. Primero la pierna, después el tórax. Bastaron unos segundos para que cayera al suelo. Después le asestó una patada para asegurarse de su inconsciencia. El hombre miró a una de las cámaras de vigilancia, escupió sobre la grava y levantó el pulgar. Escuché risas enlatadas a mis espaldas. Luego vi cómo sacaba un teléfono y marcaba. El timbre sonó en la sala.

—Tráela aquí —dijo el hombre desconocido.

—¡Déjela tranquila! —grité agitándome en la silla—. ¡No se pase con ella!

—Llamad al artista, es hora de marcarlos —ordenó—. Encerradlos en un cuarto y dejad un arma cargada al alcance de los dos, ya sabéis… lo de siempre. Proceded con el protocolo… En lo que a usted refiere, Gabriel, mañana será noticia, ¿acaso no es lo que buscaba?

—No me creo que esta sea la película en la que el malo gana…

—Siento que esto no es una película.

Un minuto después, el hombre estaba de vuelta con Blanca sobre sus brazos. La dejó sobre una silla junto a mí. Vi su rostro magullado, no me lo perdoné. No había recuperado el conocimiento. Después la ataron a la silla con una cuerda roja.

—Llevadla primero a ella, quiero terminar con él —ordenó el líder—. Tenéis quince minutos.

Con silla incluida, dos hombres la trasladaron a un cuarto que se perdía en la oscuridad del salón.

—¿Quince minutos para qué? —pregunté agitado.

—Por favor, señor Gé —contestó con tono jocoso—. Mis hombres necesitan un poco de diversión.

—Eres un hijo de puta, te llames como te llames — protesté indignado. De nada servía mostrar mi impotencia —: ¿Qué esperas obtener con esto? ¿Qué quieres a cambio?

El hombre se rió.

—Vaya, qué rápido se terminan las formalidades —dijo—. Vosotros me entregaréis a vuestro amigo, el oficial Francisco Vicente Rojo.

—¿Y si me niego?

—No necesito hacer negocios contigo —contestó—. Él vendrá a mí.

Era la primera vez que escuchaba el nombre del oficial.

Quizá, mi sorpresa fue que, el rígido policía, tuviera dos nombres —: Ahora, me vas a decir que nunca te ha hablado de mí…
El tiempo se agotaba. Sabía que era reservado, pero tuve la sensación de que Rojo me había ocultado muchas cosas durante todo ese tiempo. Algo más recuperado, busqué la forma de salir airoso de aquella habitación, pero no existía ninguna posibilidad sin que me narcotizaran. ¿Redención? Nunca. Un hombre con la camisa abierta hasta el pecho se adelantó, abrió una botella de agua y rellenó un vaso de cristal que parecía haber salido de una chistera. Después, encima de una pequeña mesa de cristal, colocó el vaso junto a una píldora de color rosado.
—Hasta la vista, señor Gé —dijo el escandinavo—. Su presencia ha sido bastante molesta.
Entonces, algo se movió fuera de aquella sala. Se oyeron unos golpes, un aleteo inesperado, como pájaros de gran tamaño, rompiendo los cuadros de las paredes. Los hombres que me vigilaban salieron en busca de aquel ruido. Intenté girar sobre mi silla y volqué hacia atrás.
—¡No! —exclamé. El respaldo amortiguó la caída, pero sufrí otro golpe en la cabeza que me recordó por qué estaba allí. Segundos después, se escucharon disparos, puertas que se abrían y cerraban. Abrí los ojos, me había abierto la cabeza, sentía la sangre correr por mi frente. Después me fijé en los zapatos que tenía delante, y levanté la vista hacia arriba, unos pantalones vaqueros de color crema, camisa blanca bajo americana oscura, el pelo canoso como una bola de nieve. Aquel hombre, de acento perfecto y ropa planchada, de altura media y espalda holgada, tenía el rostro ancho, las cejas pobladas y los ojos hundidos. Una tez blanca, propia de la gente del norte, y con un mentón sobresaliente y alargado. El mismo gesto que tenían los policías que habían servido durante muchos años, un reflejo emocional sin cicatrizar, producto de las desgracias ajenas. En su rostro había dolor, deseo de venganza y una marca que dividía su ceja izquierda en dos

partes. Era él quien me había estado hablado durante todo aquel rato. Distraído por los disparos, se dio cuenta de mi posición y se giró. Si me dejaba con vida, haría más difícil su existencia. Con un gesto de decepción, movió la cabeza hacia un lado, sacó una pistola de su chaqueta y la cargó.

—La suerte no perdona dos veces —dijo y me apuntó con el arma.

Cerré los ojos y apreté la mandíbula.

Antes de disparar, un tercer hombre entró por la puerta.

—¡Alto! ¡Policía! —gritó una voz conocida—. ¡Tire el arma!

El escandinavo disparó dos veces, con una puntería perfecta. El cuerpo del agente se desplomó en el suelo y murió en el acto. Después, el criminal abandonó el cuarto.

Se escucharon más disparos, cuerpos que se desvanecían, gritos de alarma y explosiones en el interior de la casa.

Miré a la figura de aquel hombre, desangrándose en el suelo.

—¡Está aquí! —dijo una voz familiar. Era el oficial Rojo —: ¿Estás bien?

—Sí —contesté—. ¿Y Blanca?

—Fuera de peligro —dijo.

Comenzó a desanudarme de la silla cuando advirtió en un rincón, el cuerpo de su compañero.

—Me ha salvado la vida… —dije—. Debe haber muerto en el acto.

Rojo parecía afectado. Corrió con la intención de socorrerlo, pero era demasiado tarde. Otro policía que procedía del exterior, accionó el interruptor de la luz.

—Señor, lo tenemos —dijo el agente agitado—. Hemos cogido al capo.

Unos segundos de diferencia, un traspiés en la antesala y se podría haber salvado a un hombre.

Todos fuimos testigos del horror.

Dos impactos en el pecho.

Todos fuimos culpables.

El agente Martínez yacía en el suelo sin vida.

Ausente de lágrimas, Rojo, en cuclillas, dejó la cabeza del cadáver sobre el suelo y se dirigió a nosotros.

—Esta operación ha sido un fracaso —comentó con el rostro serio—. Mañana presentaré mi dimisión.

9

La mañana del día siguiente amanecería de otro color. Las portadas de los diarios locales publicaban el rostro de Heikki Hämäläinen, un finlandés de 47 años y apodado como Tango entre sus enemigos, debido a la dificultad de su nombre. Aquel hombre procedente de Turku, había sido el autor del caos costero. ¿Cuáles eran sus intenciones? Los periodistas disparaban sin puntería, abordando diferentes hipótesis sin fundamento alguno. Aquel mismo día, el oficial Rojo presentó su dimisión en el cuerpo de Policía y quedaba relegado de la investigación.

Tras la redada, una ambulancia se llevó el cadáver de Martínez a la morgue. Blanca y yo decidimos abandonar la zona y hospedarnos en un hostal costero, cerca de La Marina, una pedanía provincial que formaba parte de Elche. Necesitábamos desaparecer, yo conocía bien aquel lugar. Tendríamos tiempo para pensar, hablar, entender lo que había sucedido. Confesarnos. Rojo, por su parte, se limitó a advertirme que lo dejara, que el caso había terminado para él y para nosotros, y que, todo aquello, había ido demasiado lejos. Entendí que no era fácil perder a uno de tus hombres en una misión de la que se es responsable. La tensión en la ciudad provocada por los escándalos políticos, no había sido más que un aperitivo de lo que se avecinaba. El funcionariado estaba pagando los excesos. Los cuerpos de seguridad se veían obligados a los recortes, a las malas gestiones, y no podían permitirse un escándalo público. Por el contrario, puse en duda de que

Rojo dimitiera por eso. Me sentí bastante decepcionado, aunque no tuve agallas de decírselo a la cara en aquel momento. Me había ocultado información. Tal vez, ese hubiese sido mi error, confiar en un policía.

Amanecí a un lado de la cama. Una cortina de tela transparente, una ventana, el ruido de las olas que rompían por la mañana. Me senté sobre el colchón y vi a Blanca dormir a mi vera. La ventana de la habitación miraba a la playa. El Hostal Maruja era un antiguo pero bonito lugar, construido en la segunda década del franquismo. Una casa de persianas de madera y fachadas blancas, de pintura desconchada por la humedad. Entrañables casas de playa que, con el tiempo, habían convertido en un hostal escueto, con restaurante y amplia terraza. La entonces inexistente, Ley de Costas, permitió que mucha gente edificara a escasos metros del agua. El Hostal Maruja era uno de esos lugares, pero existían muchos otros. No había más que darse un paseo por las playas de Santa Pola y ver cómo los bañistas tomaban el sol frente a escasos metros de las terrazas de los propietarios. Decidí refugiarnos allí por una simple razón: nadie nos encontraría. Aquel lugar, pese a su encanto, era un recodo de la geografía, una mancha difícil de limpiar, un recoveco de la España anterior, la de Franco, la de la Transición; un lugar donde ondeaban las sombrillas de marcas de cerveza, las barcas atracaban en la orilla y las señoras jugaban al Chinchón.

Me puse la camisa, los pantalones y bajé al primer piso. Crucé el bar, saludé a la camarera, una mujer metida en la cincuentena, y me senté en la terraza junto al mar. Una vista increíble, un lujo tan difícil de apreciar. El olor del Mediterráneo, la calma de la mañana, el cantar de las gaviotas y un sol estrellado en el horizonte. El cielo estaba despejado, tenía un color celestial. A lo lejos, vi algunos barcos que se dirigían a Alicante. También las montañas de sal de Santa Pola y la gran antena que sobresalía de Guardamar. Un contraste de imágenes, todo a escasos kilómetros. Costaba pensar que, un siglo antes, no existiera nada.

Pedí un café, un zumo de naranja y dos tostadas de pan con tomate para desayunar. Con amabilidad, la mujer puso el periódico sobre la mesa metálica.

—Esta gente del norte, lo que necesita es más sol —dijo sarcástica, haciendo referencia a la portada de Las Provincias. Al ver el diario y el titular que rezaba "DETENIDO EL HOMBRE QUE CONGELÓ LA COSTA", sentí repugnancia por la profesión. La noticia nombraba la detención y la caída de un agente, así como la red de prostitución que el finlandés manejaba. Sólo existía una persona capaz de publicar algo así: Cañete.

Di un vistazo a las páginas interiores, buscando algo que mereciera la pena, pero no encontré nada. Cañete había convertido el tabloide en un diario sensacionalista como The Sun. En cierto modo, era la única forma de salvar un agujero económico de la crisis del sector. Internet estaba terminando con todos. Volví a ver la foto de aquel miserable. ¿Quién eres?, le pregunté. Semblante frío y calmado. Sus ojos decían más que la expresión. Tardé varios segundos en encontrar la conexión entre aquel hombre y el oficial Rojo, Francisco Rojo.

Un año antes, una noche de borrachera, todo aquel lío de sectas, una barra de bar. Mientras hablaba de su mujer, me contó que había visitado Finlandia, de ahí su afición al vodka. Lo que nunca pensé es que sus caminos se cruzaran. ¿Quién estaba detrás de aquella facha? La segunda cosa que me sorprendió fue que no escuchara su nombre en todo este tiempo: Francisco Vicente Rojo. Irónico. Una pista que me daba un comienzo, un lugar por el que empezar a investigar. Allí, apartados de la civilización, entre aves, pescadores y algún que otro turista perdido, respiré la brisa marina y le pedí a Neptuno que condujera mi instinto a la solución del rompecabezas. Esa era mi meditación: hablarle al mar, sentir las olas, el salitre del aire penetrar en mis pulmones. La calma absoluta.

El traqueteo de unas sandalias sobre la baldosa me advirtió

de una visita.
—Buenos días —dijo Blanca. Estaba preciosa, vestida con una camiseta de manga corta a rayas blancas y negras, y unos vaqueros cortos de color blanco. Despeinada, con el pelo suelto echado hacia atrás. La camarera trajo el desayuno y lo puso sobre la mesa. Blanca agarró el zumo de naranja y dio un trago —: Ay, gracias. Lo necesitaba.
La mujer me miró con picardía.
—Di que sí, muchacha —contestó—. Eso y un baño, lo mejor para recuperar energía.
Una pena que las energías a las que hacía referencia esa mujer no fuesen las mismas. Di un sorbo al café y dejé el diario sobre la mesa.
—¿Le llegaste a ver el rostro? —pregunté.
—No —dijo avergonzada—. No recuerdo demasiado.
—No te preocupes —dije—. Tampoco te he dado las gracias… No debiste entrar.
Ella dio otro trago al zumo.
—Tuvimos suerte —contestó—. Suerte de que no me tocaran… La policía llegó cuando intentaban quitarme la ropa… Supongo que este es el final… Caso resuelto. Después lo condenarán y, con suerte, será extraditado.
—No tan rápida —dije—. Rojo me estuvo ocultando información. No termina aquí.
—¡Me da igual! —contestó nerviosa. La camarera nos miró desde el interior —: Déjalo ya, ¿quieres? Esta vez, has ido demasiado lejos.
—El oficial conoce la historia de ese hombre, Blanca —contesté—. Me lo insinuó en la sala.
—Trataría de confundirte, Gabriel —dijo incrédula—. Te sueles creer todo lo que te cuentan.
—No empieces… —dije—. No puedes abandonar ahora, tú no eres así, Blanca. Los dos sabemos que todo es muy extraño, inverosímil. Esta historia, los homicidios, todo lo que está pasando… en general. No estamos hechos de esta pasta y sin embargo… aquí estamos. Mentirías si dijeras lo contrario.

La camarera trajo un café y una rebanada de pan tostado con queso blanco y aceite. Blanca guardó silencio, echó una cucharada de azúcar al café, lo removió un dio un sorbo. Después cogió aire.

—No lo entiendes —dijo—. No lo puedes entender, no. Estás ciego, no te das cuenta o no lo quieres ver, tío.

—Sé más concreta y ve al grano, por favor —dije. Aquello le molestó.

—Eres un cretino —reprochó—. Si tomaras un poco de distancia, te habrías dado cuenta de que, todo esto, es por ti, Gabriel. Todo. —Noté como su voz se ablandaba—. Aún así, siento decirte que te equivocas, sí. No soy quien crees, la gente cambia, el tiempo nos hace cambiar… El tiempo, nunca perdona, ¿sabes? Y no puedo ser la misma chica que conociste el verano pasado, a pesar de que sólo haya pasado eso… un verano… siento que lo he vivido como una década, Gabriel, como una maldita década. La isla, nosotros, dejarlo todo, empezar algo nuevo, volver a tener fe, ver cómo me abandonabas… Quizá, lo mereciera, pero basta, basta ya, ¿no crees? Estoy confundida, puede ser, pero tengo muy claro que no voy a jugarme la vida de nuevo por una estupidez.

—No es tu culpa, de verdad… —contesté.

—¿Por qué? ¿Gabriel? —preguntó. Parecía dolida —: ¿Por qué así?

El sol matinal, las gaviotas picando peces sobre el mar, una fuerte ola rompía en la orilla, el agua espumosa se adentraba a medida que subía la marea. Qué preguntas, qué cosas, Blanca.

—Supe que algún día tendríamos esta conversación —contesté—. Lo siento, Blanca, de verdad. Fui un cretino.

—Vas a desgastar esa frase.

—No —dije—. Te estoy diciendo la verdad. Estoy tan arrepentido…

—Guárdate las excusas, Gabriel —contestó—. Si no tuviste agallas para hacerlo en su momento, no las vas a tener ahora para contarme la verdad…

—Fui un cobarde —dije mirándola a los ojos. La mujer del bar nos observaba como si se tratara de una telenovela. Blanca abrió las pupilas como dos paraguas —: Me arrepentí, mucho, me arrepentí de todo, Blanca. Fui un cobarde, con miedo, pero un cobarde cabrón… La situación, tu familia, tus padres, me sobrepasaba… Me vi perdido, eso es todo. No supe qué hacer.
Por arte de magia, las palabras cambiaron el semblante de Blanca Descartes. El brillo irradió en sus ojos al oírlas. No le engañaba, puesto que todo era cierto. Supe que algún día me preguntaría sobre ello, sin embargo, uno nunca está preparado para hablar sobre una ruptura con la persona a la que ama. Sentí cómo mi corazón palpitaba como el motor del Porsche cuando lo hacía trabajar al máximo. Puede que se tratara de un inicio de reconciliación, de que lo nuestro no estuviera del todo acabado y Blanca me diese una segunda oportunidad. De ser así, eso último no iba a ser de todo menos sencillo. Blanca era una chica orgullosa, dura de mollera y muy poco tradicional, en cuanto a hombres se trataba. Durante nuestra relación, me había dejado claro que las segundas oportunidades sólo las daban los samaritanos. Era una mujer bicolor y no les gustaban las medias tintas. Venía de familia. Me quedé allí pasmado, esperando a que dijera algo.
—¡Nena! —gritó desde la barra la camarera—. Dile algo, que se va a morir de pena el pobre…
Blanca miró a la mujer y se rió. Yo le acompañé. Las olas volvieron a romper en la orilla. Un transistor sonaba a lo lejos. La tensión entre nosotros se distendió.
—Aceptos tus disculpas, Gabri —contestó recuperando la dulzura de su voz—. Supongo que habrá más momentos para hablar sobre esto.
—Sí —dije aliviado—. Gracias.
—No me las des —dijo—. Dame una razón.
—¿Para qué?
—Para deshacer la maleta y quedarme contigo. Dame un buen argumento para investigar esto.

El cuerpo me tembló.
—Ellas —dije—. Lo hago por ellas, por esas mujeres desaparecidas. No me creo que abandonaran a sus seres queridos.
—¿Qué insinúas?
—Hay algo más y Rojo lo sabe. Ese hombre también lo sabe… —dije—. Una historia muy turbia.
—Tú siempre tan aficionado a los líos.
—No, no sólo es eso —añadí—. Han pagado inocentes por mi culpa.
—La mayoría eran consumidores, sabían lo que hacían.
—Había un chico, un becario —expliqué—. Le cogí estima. Era un poco pardillo, recién licenciado, pero tenía buenas intenciones.
—¿Cómo se llamaba?
—Bordonado —dije—. Lo encontré sin vida en mi bañera.
—Menudos cabrones…
—Así es, Blanca —dije—. Por eso te necesito. Eres la única persona en la que puedo confiar.
Blanca se acercó a mí y puso su mano sobre la mía. Después me acarició el rostro con los dedos.
—La última vez, Gabriel —dijo—. La última.
Levanté la mirada y sonreímos sincronizados. Una ola volvió a romper en la orilla. Desde la radio del bar, el noticiario informaba del éxito de la operación TORNADO. Las fuerzas de seguridad habían incautado dos cargamentos con cincuenta kilos de anfetamina, ocultos en una propiedad privada y en dos burdeles ilegales de la carretera de Santa Pola. Las fuerzas del Estado ponían fin a las actividades clandestinas de una red barata de narcotráfico y prostitución, formada por quince hombres de origen español, portugués e italiano, y supervisada bajo la mirada del finlandés Heikki Hämäläinen, conocido como Tango y apodado por la prensa local como El Cangrejo. Se escucharon unas declaraciones.

Blanca y yo nos miramos aliviados.

La siguiente noticia se abría con la dimisión del oficial Rojo de la Brigada de Homicidios de Alicante.

10

Cuando algo sucede, siempre alguien pide explicaciones. Es inevitable: un padre a su hija, una mujer al marido, un jefe a su empleado. Para los periodistas, las explicaciones se dan en las ruedas de prensa. Hacer público algo de forma unilateral, sin preguntas de curiosos, sólo da pie a la confusión, el interés por la ocultación de datos y la búsqueda de otras cuestiones que se habían obviado hasta la fecha. Que el oficial Rojo no diese paso al turno de preguntas, no nos sorprendió. Siempre daba la oportunidad a los mismos, los que tenían un trato cordial y no cruzaban la delgada línea que existía entre el intercambio de información y la mezquindad. Yo no iba a ser menos.

Tras varios intentos de llamada y dos mensajes de textos sin respuesta, dejé con las ganas a Blanca de ponerse el biquini y nos montamos en el coche con dirección a Alicante. De nuevo, me sentía vivo y feliz al sentir el cuero del volante sobre mis dedos y la velocidad en el trasero. Como en los viejos tiempos, Blanca y yo, recorriendo las calles de la capital levantina, buscando la noticia, dando peso a nuestras pesquisas, enamorándonos una vez más de la profesión. Cruzamos la Avenida de Oscar Esplá, la estación de trenes y dimos un giro hasta llegar a la comisaría del distrito centro. Como siempre, un grupo de becarios se movía como moscas, en busca de algo que apuntar y regresar a la oficina. Nos bajamos del deportivo,

caminamos hasta la puerta y pregunté por el oficial.
—No está —contestó un policía que hacía de guardia—. ¿Acaso no lee las noticias?
—¿Puedo hablar con un superior? —pregunté.
—No queremos periodistas por aquí.
—Soy amigo del ex-oficial —dije—. Tengo información relevante para su superior.
El policía, un joven de veintitantos, rubio y con los laterales rasurados, salió de la garita y entró en la comisaría. Después nos indicó el camino, una ruta que yo conocía de sobra.
Entramos en el antiguo despacho del oficial Rojo, cambiado, limpio, desinfectado. El portarretrato con la foto de su esposa sobre el escritorio, había sido reemplazada por un calendario de papel. El ordenador de sobremesa seguía en su lugar, así como las pilas de papeles y documentos que el oficial guardaba. En el despacho nos recibió un hombre de cincuenta años, pelo canoso y también corto. Parecía fuerte, aunque menos que Rojo. Se introdujo como el oficial Ramirez.
—Siéntense —ordenó. El oficial Ramirez llevaba el uniforme de servicio —: Bueno, ¿qué es lo que tienen que contarme?
—No puedo localizar al señor Rojo. ¿Dónde se encuentra?
—Me temo que eso no le incumbe —dijo—. No me haga perder el tiempo.
—¿Sabe dónde estará la capilla ardiente del agente Martínez? —pregunté. Su mirada disparó dos cañonazos.
—Deje a los muertos tranquilos —dijo—. ¿A qué viene todo esto?
—Rojo era mi amigo —expliqué—. No me creo que no dejara ninguna nota para mí.
El oficial se levantó y caminó hacia la puerta del despacho. La abrió y nos invitó a salir.
—Rojo sólo nos dijo que si venía un periodista con su novia, los mandáramos al infierno. A los dos —dijo—. Así que no se moleste en buscarlo y déjelo tranquilo… Y no

insista.

Miré a Blanca, desanimada. ¿Se había vuelto un cretino o quería desmarcarse quitándose varios obstáculos?

—No se preocupe, ya nos vamos.

—¡Ah! —exclamó—. También dijo que usted tiende a meterse en problemas, así que se lo diré una vez. Aléjese de ellos y deje a la policía hacer su trabajo.

—¿Y si no? —dije.

El color de su rostro embraveció.

—Ya sé quién es y cómo se llama —contestó con voz tenue—. No dudaré en aplastarlo como a un gusano.

Las amenazas del nuevo oficial de la Brigada de Homicidios no me sentaron demasiado bien. Era la hora del almuerzo, el estómago comenzaba a rugir. Salimos de allí y di una patada a un escalón de piedra, fruto de la amargura. El agente de la garita me miró y se rió. Subimos al coche y conduje hasta el Paseo de la Explanada y nos sentamos en una mesita al aire libre de La Terraza del Gourmet, un más que decente restaurante de tapas con vistas al mar y diseño minimalista.

—¿Por qué habrá dicho eso? —preguntó Blanca—. Tomaba a Rojo por alguien más serio.

—Ya te lo he dicho —contesté—. Oculta algo, sabe demasiado.

—Entiendo que lo de Martínez haya sido un varapalo.

—¿Tú crees? —dije—. No sé. Creo que alguien se burla de nosotros, Blanca.

—Dime en qué estás pensando.

—Es un disparate —dije—. Creo que Martínez no fue asesinado y sigue vivo.

—Sí —contestó—. Es un disparate.

—No me creo que hayan detenido a ese hombre y que todo haya terminado —continué—. Antes de que aparecieras, Rojo me enseñó un vídeo en el que aparecía su esposa junto a otra mujer. Era un vídeo casero, aunque digital. Por tanto, siguen vivas.

—Te recuerdo que fue ella quién los abandonó —dijo

Blanca—. Esa mujer está en su derecho de hacer lo que le dé la gana…

—Salvo que vaya en contra de su voluntad —dije.

—Nadie lo ha demostrado.

—El finlandés hizo una referencia a las mujeres —dije—. Él fue quién envió la cinta a Rojo. Es muy probable que conozca su paradero y también me temo que ambos hayan trabajado juntos.

—Echa el freno, Gabri —dijo Blanca—. Están siendo un poco peliculero.

—Sabíamos que Rojo había pasado una temporada por Escandinavia, para ser más preciso, en Finlandia, mientras buscaba a su mujer —expliqué—. Lo que nunca reveló fue lo que hizo allí… Sí, conoció a esa psiquiatra que casi nos mata, aunque estoy seguro de que conocería a otras personas.

—Crees que el finlandés está conectado con la historia de la isla —comentó—. Uf, qué mal rollo…

—No sólo eso —dije—. Cuando le pregunté por el significado de los cangrejos, me salió con historias mitológicas. Un sinsentido por completo, claro… En un primer momento, no le encontré el significado. Ya sabes, un lunático de mierda más, jugando a ser dios, un golpe de divinidad, nada nuevo que no sepas… —El camarero vino con dos cañas y dos pinchos de tortilla, lo dejó todo en la mesa, di un trago de mi copa y proseguí—. Mientras declarábamos, estuve dándole vueltas al asunto… a lo que me había dicho, a la mitología griega.

—Vaya, sí que te cundió mientras estaban a punto de violarme —contestó—. ¿Qué conclusión sacaste, Sherlock?

Tiempo muerto.

Estuve a punto de cometer un gran error, pero no lo hice.

No se lo iba a decir. El hecho de que Blanca y yo no fuésemos pareja, convertía nuestra amistad en un juego de naipes.

Tal vez, hubiera cambiado de opinión y encontrado un fin

económico o profesional en todo esto. Si algo había aprendido sobre el periodismo, era que nunca podías confiar en alguien de tu misma profesión. Revelárselo todo a Blanca Desastres, por mucho que nos uniera la historia de cada uno, me dejaba desnudo, desaventajado. No podía permitirme darle la llave que abría la caja de las respuestas.

—Antes de que me atraparan —expliqué —, hablé con una de las chicas que pululaban por la casa.

—¿Meretrices?

—No, no todas —dije—. Ella no lo era. En un primer vistazo, no la reconocí, pero después supe que habíamos coincidido antes… Ella sabe algo también.

—Comencemos por Rojo —dijo Blanca—. ¿Sabes dónde vive?

—No —dije—. No tengo la más remota idea.

—Genial, Gabriel —contestó—. Deberemos volver a la comisaría e insistir. No se me ocurre otra cosa.

—Ni en broma —dije—. Sólo lo complicaríamos más… No es necesario. Desde que Rojo ha dejado el cuerpo, podemos investigarlo sin tenerlos detrás.

—Me gusta, muy agudo, Gabriel —dijo Blanca—. Aunque alguien ya lo habrá pensado antes que nosotros.

—Y hecho —añadí—. Por eso, Rojo no se encontrará en su casa. Él siempre va un paso por delante, es un bastardo. Por eso me dijo que me escondiera 48 horas con la chica. Se anticipa a cualquier movimiento. Sin embargo, no todos los periodistas saben que tiene un hijo, ni que busca a su mujer. Iremos a la residencia de sus padres.

Blanca tenía esa mirada de esperanza, de saber que juntos éramos capaces de cualquier cosa. Pestañeó y esbozó una sonrisa tímida y relajada. Yo la necesitaba tanto como ella a mí.

—Necesitaremos un listín telefónico, Gabriel —dijo—. Es hora de hacer algunas llamadas.

—¿Un listín telefónico? —pregunté—. Hace décadas que no uso uno. Si eso, probamos con internet.

—¿Pretendes encontrar a su madre en Facebook? —

contestó.
—Quién sabe.
Las guías telefónicas se habían convertido en un objeto de colección desde que internet se instalara en los hogares españoles. Sin embargo, no todo lo que existía, se encontraba en la red. Dar con un domicilio familiar no era difícil, aunque requería de información que sólo se podía encontrar a través de otros medios. El listín telefónico sería suficiente para dar con una lista de apellidos —ahora que contábamos con los del oficial Rojo— y una serie de domicilios a los que abordar con una simple pregunta. Pagamos, salimos de aquella terraza, buscamos el coche y regresamos a la habitación de nuestro hotel. Busqué por los cajones y no encontré nada. Sobre una cómoda vieja, un teléfono amarillento, que algún día había sido blanco, llamó mi atención. Dudé del servicio de habitaciones, pues aquel no era un lugar, digamos, de lujo. Bajé hasta el bar y vi a la mujer limpiando la máquina de café.
—Por casualidad, ¿no tendrá una guía telefónica? —pregunté con tacto.
La mujer me miró y se rió.
—¡Ay! —exclamó y dejó lo que estaba haciendo—. La verdad, no sé cuándo fue la última vez que me habían preguntado esto.
—La conexión a internet no es del todo buena aquí —dije—. Busco a un particular que vive por la zona.
—Espera un momento —dijo—. Tiene que haber algo por el trastero. Por cierto, esa chica…
—¿Sí? —dije intrigado.
—Está loca por tus huesos, muchacho, ¿es que no lo ves?
—No, no lo creo —contesté.
—Pues allá tú —dijo ella con descaro—. No seas bobo, las mujeres sufrimos mucho por amor.
Debió de ser el sexto sentido femenino que los hombres no poseíamos, esa intuición femenina que pasaba desapercibida a nuestros ojos. La mujer había sido sincera, lo noté en su forma de decirlo, sin venir a cuento. Vaya,

Blanca, cómo lo iba a pensar, ¿verdad? Le di vueltas a la frase mientras la mujer se pelaba con un montón de trastos viejos en el desván trasero. Por la televisión echaban un documental de tiburones. Cogí el periódico, lo ojeé y encontré un pequeño anuncio turístico de Tabarca. Toqué madera. Me pregunté si el pasado me perseguía. ¿Podría ser cierto? ¿También lo haría Blanca? Cerré el periódico y lo dejé doblado, junto a la vitrina de las tapas frías. En la cocina, alguien hervía agua y cocinaba marisco. La terraza comenzaba a llenarse de comensales esporádicos que se habían acercado desde la playa, en coche, o de las casitas que había a los alrededores. Un hombre con delantal salió de la cocina y voceó.

—¡María! ¡Por el amor de Dios! —gritó—. Hay que servir los platos, que se llenan las mesas, mujer.

María era la camarera, que apareció de nuevo como el conejo que sale de la chistera del mago.

—¡Ya va! —contestó, trayendo bajo el brazo, un listín antiguo—. Has tenido suerte, guapo. Es un poco viejo, pero no creo que haya cambiado mucho.

—Gracias por la molestia —dije con un guiño.

—De nada, chico —contestó—. Mare meua, cómo está todo.

La mujer se giró, entró en la cocina y, al instante, salió con un plato de cangrejos cocidos. Di un salto sobre el taburete y me eché hacia atrás, impresionado por el color de los moluscos —: ¡Chico! ¡Que no te van a picar! —dijo la mujer con una sonrisa mientras salía a la terraza a servir los aperitivos.

—¿De dónde son? —insistí.

—Del mercado de Santa Pola, ¿de dónde van a ser?

—Pero estos cangrejos son de roca —dije.

—¡Ah! ¿Que de dónde vienen? —dijo entusiasmada. Hablar sobre pescados con gente de la costa, era como hablar de fútbol con un adolescente —: Son mallorquines. Recién traídos de allí. Son más pequeños, pero deliciosos. Entran por el puerto de Dénia de lunes a...

No terminó la frase cuando salí disparado en busca de Blanca. Ella había decidido darse un baño mientras yo buscaba el listín. Entonces la vi en un biquini negro que dejaba a la vista de todos su belleza, su delicada piel blanca como la sal y aquella melena mojada. Los pechos de blanca, grandes para llamarlos menudos, turgentes y bonitos, bajo un sujetador que realzaba la copa de sus senos. Corrí hasta la playa con el libro en la mano. Blanca salió despedida hasta la orilla por una ola que rompió en sus rodillas. Reímos los dos, el viento azotaba mi cara, el sol radiaba y las gaviotas sobrevolaban el restaurante, buscando una raspa de pescado que echarse a la boca.

—¿Estás bien, Gabriel? —dijo—. Sé que estoy pálida, pero ni que hubieses visto a un muerto…

—Blanca —dije. Le habría recordado lo bella que estaba pero no tuve agallas —: Sé dónde está Rojo.

—Vaya, qué rápido eres —contestó—. ¿Qué has averiguado?

—Creo que se encuentra en Mallorca —contesté convencido de mis palabras—. No me preguntes por qué, pero tengo una ligera hipótesis de que ha ido hasta allí.

—Un momento —dijo ella—. ¿Por qué haría algo así?

—Antes de regresar a Alicante —dije —, pasé una temporada en Palma. Allí me crucé con un tipo que intentó matarme.

—No seas exagerado.

—No, no lo soy —dije—. Era el típico con dinero, con mucho dinero, y también aficionado a la droga.

—Sigue.

—Primero me persiguió con su coche. Yo iba en un taxi, él detrás. El taxista y yo salimos de aquella, de milagro.

—¿Qué hiciste, Gabriel? —preguntó Blanca—. Para que te persiguiera con tanta ansia.

—Eso no importa —dije encogiéndome de hombros. Blanca clavó su mirada en mis córneas —: Salí airoso y me metí en el primer barco que venía a Valencia. No sé cómo, el tipo me alcanzó. ¡Intentó acuchillarme allí mismo!

¡Delante de todos!

—Deberías terminar esa novela que nunca escribiste —dijo ella—. Tienes una gran imaginación.

—Te estoy contando la verdad, Blanca —dije—. Ese hombre estaba bajo los efectos de algo… No era normal, nunca había visto nada así.

—¿Y cómo terminó? —preguntó—. Por lo que imagino, saliste airoso, una vez más.

—Sí —dije —, pero no te lo vas a creer. Tuvimos un cuerpo a cuerpo, me deshice de él y lo lancé al mar. Así, como un gladiador. Ya me conoces. Después, apareció la policía y me pidieron una declaración cuando llegamos al puerto de Dénia. Era lo normal, tras tanto alboroto. En ese momento, no lo pensé. Cuando me iban a entregar a la policía comarcal, apareció Rojo por allí con otro, Martínez, el oficial que se han cargado. Me alegré al verlo, había pasado tiempo y, desde que lo dejamos, no tuve señales suyas.

—Esto es muy interesante, Gabriel —dijo Blanca compasiva —, pero no encuentro nada relevante. Estaba haciendo su trabajo, tuviste suerte de que no fuese otro. Te habría salido cara la broma.

—No… te equivocas —dije—. Eso pensé yo. Qué suerte tuve de que Rojo apareciera. Aunque tal vez la tuviera él de que quien estuviese en el barco fuese yo.

—Me he perdido, Gabriel.

—No te preguntes qué hacía yo allí, pregúntate qué hacía Rojo allí, un oficial de la Brigada de Homicidios en una zona portuaria, a varias horas de su oficina de trabajo.

—Buscaría a alguien —dijo ella—. El cuerpo es nacional.

—Se encontraba fuera de su área —dije—. Ni siquiera tuve que firmar ninguna declaración. Al subir al coche, escuchamos por la radio a otros agentes, informando de peleas, altercados y ataques en varios puntos de la ciudad. Me pidió que no contara nada y lo tomé como algo casual, cosa del verano, nada más. Después llegué a Alicante, y lo vi con mis propios ojos. Cuando recurrí a Rojo, la bomba había explotado. El resto, ya lo conoces.

Blanca se quedó pensativa, enrollada en una toalla de rayas blancas y azules. Lucía increíble, muy bella bajo el sol.

—Insinúas que Rojo sabía qué estaba pasando, incluso antes de que ocurriera —dijo ella—. Sabía que la droga entraba por Dénia, desde Mallorca, y que la única forma de entrar era a través de la lonja, los barcos de pesca.

—Eso lo has deducido tú, bonita —dije —, pero tiene sentido lo que dices.

—Si la droga la introducen los pesqueros —dijo ella —, significa que las gestiones se hacen desde la isla.

—Zona portuaria, turística, cientos de vuelos diarios y una región cerrada, lejos de la Península pero más accesible que Canarias —contesté—. El lugar perfecto para pasar desapercibido.

—¿Crees que Rojo está de camino a Palma de Mallorca?

—Sin duda alguna —contesté.

—Tenemos que preguntarle al finlandés —dijo ella.

—Nos mentirá —contesté —, pero lo intentaremos.

—Un momento. Todo esto me parece un relato de ficción, Gabriel —explicó cogiéndome del brazo—. De verdad. Me cuesta creerlo. Sin embargo… ¿Acaso no son estas las historias que la gente debe saber? Historias que demuestran lo inseguro que es todo.

—Durante estos años, sólo he aprendido una cosa — respondí—. La gente sólo quiere leer buenas historias.

11

Nunca fui una persona que confiara demasiado en las hipótesis ajenas. Cavilar es cosa de uno y, aunque dos cabezas siempre piensen mejor, los paradigmas para resolver las situaciones son diferentes en cada caso. Blanca era audaz, eso lo supe desde el primer día que la conocí. El periodismo era una profesión de intuición y después, de hechos. La información siempre llega a través de los pasos que decidas dar. No existe un modelo científico, un patrón exacto que se aplique al proceso de extracción y digestión. El periodista es un todo, ojos que ven, oídos que escuchan, la mano que apunta y una persona que interpreta. Como casi en todo, no es el periodista quien crea las noticias sino las personas. Nuestro trabajo, vender algo que interesara.

En aquella situación, Blanca y yo nos encontrábamos ante una serie de hechos que carecían, sobre todo, de sentido. Era momento de recapitular, ordenar lo que teníamos y no dar un paso en falso.

Necesitábamos encontrar una prueba que demostrara que alguien introducía los estupefacientes por el puerto de Dénia. Acaso el finlandés sólo fuese un mero intermediario que se hacía cargo del territorio y sus negocios. En caso de que nada fuera cierto —y una mera asunción—, no poseeríamos nada, una serie de hechos, a un narcotraficante lunático y a un policía muerto. Una escalera de naipes caída.

En tercer lugar, había algo muy extraño en la dimisión del oficial Rojo. Cada día que pasaba, tenía la corazonada de que lo conocía aún menos de lo que llegué a pensar. ¿Por qué me habría mentido? Mis pesquisas convirtieron al policía en una figura abstracta. Llegué a dudar de su dimisión y deduje que se trataría de una jugada personal, una forma de desligarse del cuerpo y llevar a cabo la venganza personal. Por tanto, debíamos encontrar a Rojo, descubrir si había una conexión entre él, Mallorca y los cangrejos, y de ser así, evitar que nos descubriera.

De ser cierto todo, me pregunté qué habría en la isla. No me apetecía en absoluto volver a aquel lugar. Era como si las ínsulas me persiguieran y eso me desmoralizó casi por completo. El verano seguía, los escándalos políticos estaban a punto de estallar y la noticia del verano sin ver la luz.

Llamé sin éxito a los cinco domicilios particulares que aparecían en el listín telefónico, usando la lógica y todas las combinaciones posibles de primeros y segundos apellidos. Blanca se encontraba preparada, con el pelo todavía mojado y una camiseta blanca que transparentaba su ropa interior.

—Nada —dije al colgar la última llamada—. No saben nada.

—¿Estás seguro?

—Y tanto.

—Tiene que haber algo —dijo ella—. Debemos ir a los calabozos.

—Menuda estupidez. No pasaré, ya me conocen.

—No —dijo—. Iré yo. Tú irás a la lonja.

—¿A qué?

—No han pasado 48 horas —contestó—. No creo que Rojo sea tan estúpido como para irse sin un contacto.

—Todavía crees que tus cábalas tienen sentido —dije.

—¿Tienes algo mejor?

La verdad era que no.

—Piénsalo bien, Blanca —dije—. Esta historia es un chiste.

Ella me miró pensativa entre las paredes de la habitación.

—Como todas —contestó—. Tú mismo. Voy a los calabozos, te llamaré si hay algo. En caso de que te decidieras... Date una vuelta por el puerto, ¿vale?

Blanca se levantó, cogió las llaves de su coche y salió de la pensión. Entendí la decepción de su rostro. Salí a buscarla segundos después, pero ya era tarde. Las ruedas del vehículo dejaron una estela de arena al viento.

Una brisa sofocante me abofeteaba al volante del bólido rojo. El cielo raso y un sol que me cerraba los pulmones con cada inhalación. Estábamos teniendo un verano demasiado caluroso, como no habíamos vivido en años.
Conduje con calma hasta el puerto de Santa Pola. Aparqué junto al muelle y rastreé la zona. Resultó doloroso. Había estado por allí antes. Recordé la noche en la que me subí en un taxi para ir a Tabarca con aquella mujer. Entonces, la isla quedaba lejos y grupos numerosos de turistas salían de grandes barcos que atracaban en el muelle. La tarde caía, la puesta de sol era preciosa. Saboreé el momento, viendo a las chicas vestidas de noche, con las pieles tostadas y los ojos oscuros. Los hombres, galanes de camisa y pantalones caqui, acompañando a sus señoritas para hacer un ágape previo a la cena. Olí a mar y seguí la estela del pescado que llegaba a mis sentidos. Los puestos de pescado estaban ya abiertos. Eso significaba que el trabajo de la lonja habría terminado. Gambas, cigalas, bogavantes, atunes, bonitos, bacalao... La lonja de Santa Pola era una de las mejores del país. Había merodeadores, comerciantes, hosteleros, aunque también mucho turista que se acercaba para comprar un kilo de sardinas y mirarle la cara a los bueyes de mar.
Procuré pasar desapercibido, buscando con la mirada, la figura de un policía. Me escurrí entre los puestos hasta un bar de pescadores que se encontraba al final del espigón.

Con un acento cerrado de costa, desde la barra se podía escuchar un idioma propio, un valenciano castellanizado por el habla de la calle, modificado por el propio argot de la soledad, la pesca y las horas en el mar. Hombres sin afeitar, habían vuelto de faenar para tomarse una cerveza y unas patatas con ajo en una barra metálica. Me senté como uno más sobre un taburete, embriagado por el olor a fritura y pescado a la plancha. Pedí un botellín. Un grupo de hombres en la cincuentena, desgastados por el salitre, avistó mi llegada. Uno de ellos se acercó a mi lado y pidió otra cerveza.

—¿Te has perdido? —dijo. Tenía la piel tostada por el sol y la barba canosa. Lucía una camisa blanca abierta hasta el pecho, del que salía una mata de vello blanco y rizado y una cruz dorada que colgaba del cuello.

—Estoy buscando… —contesté sin mirarle a los ojos. No sentí miedo, pues no parecía peligroso, aunque la situación se podía volver violenta.

—¿Trabajo? —dijo curioso—. Faena siempre hay.

—A alguien. Busco a alguien. A un amigo.

El hombre dio un trago y miró a su grupo.

—¿Sabes cómo se llama tu amigo?

—Francisco —dije.

—Aquí hay muchos que se llaman así —dijo—. Lamento no poder ayudarte.

—No importa —contesté. El grupo me observaba. El hombre dio un trago a su cerveza y le dijo al camarero que se cobrara todo.

—Escucha, chaval —susurró en valenciano sin mirarme a los ojos—. Por aquí, no nos gustan los chismorreos y mucho menos, los periodistas. No sé qué habrás oído, pero si yo fuera tú, me terminaría el aperitivo y me marchaba de aquí. Lo que estás buscando, no se encuentra en este lugar, y si está, no lo vas a saber. ¿Entendido?

Dio un golpe en la mesa con la palma de la mano y dejó un billete de cinco euros aplastado. El hombre se dio la vuelta y caminó hacia los suyos. Salí de allí, me encendí un cigarrillo y esperé junto a los espigones. Al cuarto de hora, el mismo hombre salió en dirección al muelle, donde se encontraban los barcos de pesca. Por supuesto que no había ningún Francisco, y si lo había, no lo iba a encontrar. Guardando la distancia, lo seguí entre los pilares de la lonja. Olía a pescado podrido, a salitre y humedad. El hombre, con una gorra de marinero, caminó hasta un bote que tenía luz en el interior.

—¡Ximo! —gritó. A la llamada, apareció un hombre. No pude creerlo. El hombre habló en valenciano —: Tu amigo estaba merodeando por el bar. Si vuelve a aparecer, lo echamos a los mújoles, así que deshazte de él. Quiero a la gente tranquila, quiero que esto salga bien. ¿De acuerdo?

Rojo mostraba su cuerpo musculoso enrojecido por el sol. Su barba cerrada había crecido, dejando de ser el oficial impoluto que recorría las calles.

—Tenemos un trato —contestó—. No te preocupes.

Después regresó a la embarcación. El hombre de la gorra dio un vistazo a su alrededor y volvió a acercarse al bote.

—Sí, lo tenemos. Y mañana será la última vez que lo hagamos —dijo—. No me gusta esa gente. Yo te entrego a ese canalla y tú le dices a tus amigos que hagan la vista gorda.

—Ya hablaremos de las condiciones.

—Espero que cumplas —contestó—. Confío en ti, como confié en tu padre en su día.

—Somos hombres de palabra.

—Que así sea —sentenció y salió de allí sin descubrirme.

Blanca tenía razón, pero, ¿qué hacía Rojo allí? ¿Por qué usaba otro nombre y quién había sido su padre? La historia se enturbiaba todavía más.

De pronto, recibí un mensaje de texto.

Era Blanca.

El finlandés se había escapado de los calabozos.

El teléfono vibró una vez más. Rojo se quitó unos guantes amarillos gastados y se limpió el sudor de la frente. La brisa arrastraba un pútrido olor a pescado descompuesto, parte de un estilo de vida para muchos de los que allí trabajaban. Era el olor del puerto, de la faena.

El barco se llamaba AGATA, y no era más que una nave de unos siete metros de largo por dos de ancho. Un barco pesquero de vela y motor, algo viejo, con una bodega diminuta y un camarote en su interior, el mismo interior en el que pasarían cuatro o cinco tripulantes días y noches, juntos, perdidos en la soledad del mar. Cerca, los pesqueros se amontonaban en fila, mucho más grandes, industriales, profesionales. El Agata era un barco peculiar, discreto y propio de un autónomo o familia de pescadores. Lo más relevante de aquella escena era la presencia del ex-policía, entonces parte de la tripulación.

Valiente, salí a su encuentro, a pesar de que podría encontrarme con una verdad que no deseaba escuchar. La soledad del puerto amplificó el sonido de mis pasos. Rojo se encontraba en el interior del barco, así que no lo dudé, tomé impulso, y salté hasta la popa del pesquero. El barco se tambaleó. Él notó mi presencia.

—¿Tú? —dijo asomando la cabeza con las manos manchadas de crema—. ¡Tú!

—Esperaba otro recibimiento —dije.

—¿Qué haces aquí, estúpido? —dijo.

—Ya lo ves, Rojo —dije—. No puedes deshacerte de mí. He venido a conocer la verdad.

—No digas tonterías, Gabriel —contestó—. Esto no es para ti. Lárgate antes de que venga alguien.

—No. No me pienso marchar —dije. La noche se cerraba y la brisa nocturna nos abrazaba con fuerza. Los farolillos del barco no alumbraban lo suficiente. Estábamos escondidos bajo las sombras del puerto y los espíritus del mar —: ¿Desde cuándo eres pescador?

—Ya te lo he dicho, Caballero —dijo—. No me obligues a usar la fuerza.

—Blanca sabe que estoy aquí, que me estoy viendo contigo —contesté—. Te encontrará.

Terminó de embadurnarse las manos y agarró un mosquetón de gran tamaño —: Rojo, ¿quién está detrás de todo esto? El finlandés se ha escapado de los calabozos.

—Vaya, qué sorpresa —dijo—. ¿Qué más sabes?

—Tengo mis teorías —contesté—. Sabemos que dimitiste para encontrarte con el cabeza de quien haya organizado esto. Esa persona te guiará hasta tu mujer. Por otra parte, sospechamos que los cargamentos de droga estén siendo introducidos por las Baleares a la Península, y debido a eso, todo lo que ocurrió desde que llegué de Mallorca. Sí, sé que es una casualidad, pero tiene sentid… El cangrejo no es más que un símbolo, digamos, casual, o tal vez, minoritario. Todavía no conocemos la relación que tiene entre tu mujer y los fallecidos, pero parece que tiene alguna y tarde o temprano, la descubriremos. Sin embargo, lo que todavía no tenemos claro es quién es Heikki Hämäläinen, cómo ha llegado aquí y qué posición de la estructura ocupa. Sé que suena fantasioso, puede ser que nos encontremos ante una red de diferentes negocios ilegales, entre ellos el tráfico de drogas o la trata de blancas.

Rojo aplaudió con sosiego.

—Bravo, Gabriel, bravo. Muy agudo —dijo—. Fantasiosa, atractiva, con gancho. Tu hipótesis tiene todos los ingredientes necesarios para ser portada de mañana. Así que, si me permites, ¿por qué no te marchas a escribirla y me dejas en paz de una puta vez?

—¿Significa que estoy en lo cierto?

Rojo abrió una nevera de playa, sacó dos botes rojos de cerveza Mahou y me tiró uno con precisión, como un lanzador de béisbol.

—Ya sabes que no —dijo tras dar un trago—. Aunque, he de reconocer, que suena mejor que la realidad.

—La dimisión es una farsa, ¿verdad?

—Un señuelo.

—Así como la fuga.

—Se nos olvidó echar el candado.

—Todo el cuerpo está involucrado.

—Sólo el regional —dijo—. Las jurisdicciones comunitarias.

—¿Qué pasará cuando llegue a Madrid?

—Cuando lleguen las noticias —explicó —, habremos resuelto el caso, habremos detenido a quien haya sido necesario y nadie hará preguntas. Caso cerrado, fin de la historia.

—¿Qué hay del finlandés?

—Es un mercader —dijo—. Tiene negocios por toda la costa alicantina, posee discotecas en Benicàssim, Benidorm y Torrevieja. Invirtió en la compra de zonas residenciales que se habían quedado los bancos. De ahí que, hoy, haya tantos polacos, noruegos y rusos veraneando en El Campello, Guardamar y Santa Pola.

—Lo estabais rastreando —dije. Una vez más, me sentía estafado —: Pero, ¿por qué las muertes?

—Alguien le vendió una partida defectuosa —dijo—. Esa maldita droga, entra desde Rusia. Son químicos, de laboratorio. Simulan los efectos de la marihuana, pero terminan destruyéndote la cabeza.

—Y vosotros...

—Como comprenderás —interrumpió —, resulta imposible encontrar miles de píldoras repartidas por el territorio. Aunque me pese, no disponemos de tecnología

ni métodos capaces de abarcar a tanta gente en tan poco tiempo. Es una pérdida de tiempo.
—¿Quién haría algo así?
—Tememos que se trate de un ajuste de cuentas o una guerra de narcos.
—¿Y Miranda? ¿Qué pinta ella?
—Colabora con nosotros de forma indirecta —explicó riéndose—. En realidad, nunca lo ha hecho, pero no había más que seguirle la pista para saber que nos llevaría hasta alguien. Tiene mucho garbo esa chica.
—¿Por qué me has mentido, Rojo? —pregunté indignado—. ¿Por qué me has hecho perder el tiempo?
—Te lo advertí el primer día, Gabriel —dijo—. Te dije que te mantuvieras al margen. Es una operación policial de gran escala. Nada interesante, nada nuevo. La historia de cada verano.
—Pero… los cangrejos… tu mujer.
—Lo siento —dijo avergonzado—. También fue una farsa.
—No me jodas, Rojo —dije—. Los dos lo vimos. Fue el día de la bañera.
—Sí... Ese chico… vaya compañías, Caballero. Menudo drogadicto —dijo—. Lo siento, Gabriel. Te dije que la verdad no te iba a gustar.
—Esa mujer que aparecía con tu esposa, llevaba tatuado un cangrejo en el torso.
—Así es —contestó—. Aunque la conexión con lo que está sucediendo no es más que una mera coincidencia.
—No te creo —rebatí—. El finlandés me contó que el cangrejo...
—El finlandés es un lunático.
—Además, yo mismo vi el maldito mensaje.
—Siento decirte que fue un trabajo casero, lo del mensaje.
—¿También una farsa? —pregunté. Rojo asintió con la cabeza —: ¿Y tú mujer?
—Era una grabación antigua, Gabriel. Temía que llegara este momento.

Estrujé la lata de cerveza vacía con la mano y se la lancé a los pies.

—Eres un cabrón —dije—. ¡Eres un mentiroso cabrón!

—Será mejor que te largues, Gabriel.

—¿Cómo sé que no me estás mintiendo de nuevo?

—No insistas —dijo—. Te he contado la verdad. Ahora necesito que te marches.

—De verdad, Rojo, vete a la mierda.

—Como quieras —contestó—. Esa chica, Blanca, está aquí por ti. Dudo que se crea esta historia, pero continúa a tu lado. Espabila, Caballero. Sé un hombre y haz de lo importante, lo más importante. Siempre hay tiempo para resolver misterios y jugar a detectives.

—Eres un cretino.

Salí de allí con mal cuerpo. El sabor de la traición, la pérdida de una amistad. Tal vez fuese el sabor de la verdad a medias, una certeza que nunca se descubre del todo. Todo lo que había sucedido, no había sido más que un espectáculo veraniego, una función teatral para mantenerme ocupado cavilando entre cantos de sirena. Pero, ¿por qué?, me pregunté, ¿por qué Rojo se habría tomado tantas molestias en apartarme? Y Blanca, ¿qué sabía y qué no?

Regresé al bar de pescadores y volví a sentarme en la barra. Para entonces, no quedaba casi nadie. Miré el reloj, eran las diez de la noche. Un camarero nostálgico, la música de las olas y el ruido de la vajilla al golpear el fregadero.

—Un whisky con cola —dije.

—Vamos a cerrar en una hora —dijo mientras fregaba un vaso de tubo.

—Suficiente —dije—. La vida me ha dado un azote.

—Tranquilo, hombre —dijo. Puso un vaso de tubo frente a mi rostro, tres cubitos de gran tamaño, un chorro de whisky y un poco de Coca-Cola. Después sacó un plato con olivas y lo dejó junto al vaso —: En esta vida, hasta la muerte sale a flote.

Después sacó otro vaso, una copa pequeña, agarró una

botella de coñac en la que aparecía un toro negro y bravo, y roció la copa hasta llenarla por la mitad —: Te voy a acompañar. A estas horas, un hombre apenado no debe beber solo.
—Gracias.
—¿Mujeres? —preguntó—. No respondas si no quieres.
—También —dije—. La vida, así, en general.
—Debería estar prohibido —dijo dando un sorbo al coñac —, al menos, en verano.
En la televisión echaban una gala de verano en la que unos niños llevaban diferentes disfraces de animales. Aparecieron langostas, pulpos, cangrejos. Las casualidades se amontonaban como el minero que saca tierra con una pala. Estaba agotado, de todos y de todo. Por todos y por todo. De mí y de la vida.
—Y esa chica, ¿es bonita? —preguntó el hombre moviendo su bigote.
—Así es —dije—. Muy bonita, pero pertenecemos a mundos diferentes.
—Eso siempre, joven —dijo—. Si merece la pena y ella te quiere, insiste. Las mujeres lo perdonan todo. Tienen esa virtud que nosotros, como que no...
—El perdón nos hará libres —dije.
—¿No era la verdad? —preguntó el hombre.
—También, también…
De pronto vibró el teléfono en mi bolsillo.
Era un mensaje de texto.
—Es ella, ¿verdad?
—Sí —dije—. Me pide que la llame.
—Pues anda, corre —contestó—. Yo, ya me quedo recogiendo.
—Gracias —dije, terminé la copa de un trago y pagué. Aquel camarero cómplice, estandarte de la vida para muchos, se quedó allí, en la soledad de su propio espacio, fregando mi vaso, mirando la televisión y terminando su copa.
Salí a la playa y marqué el número. Le iba a decir a Blanca

que ya se había terminado todo: las mentiras, los juegos, lo nuestro.

Pero no fue así, no lo hice.

El corazón me dio un vuelco al no escuchar su voz.

Al otro lado del auricular, alguien llenó los pulmones.

—Si quieres ver a tu amiguita… —dijo una voz masculina. Era Heikki Hämäläinen —: Tendrás que darte prisa.

—Si la tocas… te rajaré el cuello —dije tembloroso.

—Entonces, hagamos un trato —dijo —, y te la devolveré igual que la encontré.

—Hijo de perra.

Se escuchó el grito de una voz frágil.

Blanca.

—Modera tu lenguaje, imbécil —contestó y se rió—. Quiero que me entregues a tu amigo el policía.

—No sé dónde está —dije.

—¡AAAAAAH! —gritó Blanca de nuevo a lo lejos.

—Otra mentira y te envío una foto de su mano… —dijo el finlandés—. Esta noche habrá una entrega. Sé que tu amigo lo ha organizado todo… El oficial Rojo se cree más listo que nadie, ¿verdad? Seguro que ya lo sabes... Pues bien, uno de mis hombres estará dentro del pesquero cuando se haga el intercambio, esperando a mi señal para detonar una bomba casera. Esperan que yo me encuentre en él, pero no será así, no soy tan ingenuo… Haz que se entregue y evitarás un desastre. De lo contrario, serán carne para gaviotas.

—Eres un hijo de perra —dije—. Rojo no cederá.

—Sé que no es tarea fácil —contestó—. Por eso, el precio a pagar es tan alto.

—No me hará caso.

—Convéncelo —dijo y escuchó otro grito de Blanca—. Espero que estés motivado.

La llamada se cortó.

El corazón seguía latiendo a las puertas de mi boca.

12

Tan pronto como hube colgado, di media vuelta y corrí en dirección al Agata. Minutos después y sin aliento, vi a lo lejos el barco encendido y a cinco hombres que subían y bajaban por las escotillas. Debía contarle la verdad a Rojo. El instinto me llevaba a confiar en él, pero algo me impedía hacerlo. La prioridad era esconderme en aquel barco y pasar desapercibido hasta la entrega. Después, no me quedaría más remedio que desarmarlos a todos y entregar al oficial. Los hombres salieron de nuevo y caminaron a oscuras hasta unos cobertizos. Aproveché la situación, di varias zancadas y salté al bote. Estaba dentro. El ruido que estaban haciendo, moviendo trastos entre la conversación, tapó el sonido de mis movimientos. El interior del barco no era demasiado grande, aunque no me descubrirían. Los dormitorios no tenían puerta, así que las opciones se limitaban a un portón metálico de chapa, arreglado en varias ocasiones sin éxito y carcomido por la humedad. Empujé hacia dentro, pero se había atascado. De pronto, escuché voces en el exterior. Volví a empujar con todo mi cuerpo y sentí cómo se desplazaba unos centímetros. Las voces se acercaban y no me quedó otra opción que la de dar una buena patada. Se escuchó un gran golpe. Las voces se calmaron. La puerta estaba abierta, entré y cerré sin mirar en el interior.

—¿Qué ha sido ese ruido? —dijo alguien.

Olía muy fuerte a pescado. En la habitación había restos de sangre reseca, cajas de madera rotas, redes de pesca y utensilios para faenar. Agarré un arpón y me puse en guardia.

Los hombres subieron al barco, la embarcación se movió, las voces se amplificaron.

—Estamos todos —dijo una voz raspada. Era el hombre que me había hablado en el bar.

—Sí —contestó una segunda voz. Era el oficial Rojo —: Seguimos con el plan establecido, ¿entendido, capitán?

—De acuerdo —contestó el hombre —, tu padre estará orgulloso de ti.

—Él habría hecho lo mismo —dijo Rojo.

Qué momento más emotivo para fotografiar.

—¿Son de confianza sus hombres? —dijo Rojo.

—Ya lo creo —afirmó—. Aunque nunca se han visto en ninguna situación así.

—Ese hombre —dijo Rojo —, el chaparro. Mete mucho las narices.

—¿Ambrosio? —contestó el capitán—. Es el más nuevo, algo reservado, no habla mucho, pero trabaja bien. Lo vigilaré de cerca.

—No tiene por qué haberlas —dijo Rojo —, pero no quiero sorpresas.

—No las tendrás —contestó—. ¿Qué hay de tu hombre?

—Es su trabajo, sabe lo que hacer.

—Espero que no le baile la pistola —dijo el hombre con voz cauta—. Sabes a lo que me refiero, no estamos acostumbrados a vernos en refriegas.

—Esos sólo ocurre en las películas, capitán.

El hombre se rió.

Las voces se calmaron.

Los motores calentaban.

Sentí cómo nos movíamos.

Se dice que después de la tempestad, llega la calma. Lo que ninguno sabía era que la tempestad estaba a punto de llegar para nuestra desgracia. La conversación me dio a entender que Rojo contaba con un segundo hombre —que no era yo— a bordo y que, el tal Ambrosio, podía ser el mismo del que hablaba Heikki Hämäläinen. Como siempre se hace en la profesión, uno debía dudar de la información de su fuente hasta que fuese contrastada. A lo mejor, el olfato policial de Rojo estaba equivocado, y era otro, el que estaba dispuesto a traicionarlos. La responsabilidad absoluta caía sobre mis hombros. Contárselo a Rojo o no hacerlo. La vida de Blanca, la vida de ambos. No era la primera vez que me veía ante un chantaje de ese calibre. En las películas americanas, siempre sucedía. Al final, Bruce Willis o un actor de su talla, lograba salvar al resto, matar al villano y rescatar a la chica. Todo se saldaba con una gran explosión y ambos sobrevivían con el rostro manchado de hollín. Para más inri, no nos encontrábamos en Hollywood sino en el Mediterráneo.

El olor a pescado amainó a medida que me acostumbraba a él. La inactividad de aquellas cuatro paredes comenzaba a ser soporífera. Una embestida del barco, me hizo tropezar contra una caja de herramientas metálica. Agarré una palanca y proseguí a abrir las tres cajas selladas con clavos. Al destapar la segunda, caí sorprendido hacia atrás. Era una bomba de fabricación casera conectada a un teléfono

móvil. Aquel desgraciado hablaba en serio.
El tiempo corría en nuestra contra y no encontraba el momento para salir de allí. Dudaba si el traidor activaría la carga o alguien procedente del bote ajeno. Estábamos jodidos, muy jodidos.
Dejé el arpón a un lado y me acerqué a la bomba. A simple vista, no parecía nada sofisticado como uno tiende a imaginar cuando le hablan de explosivos. El explosivo se encontraba sujeto por cinta aislante de color marrón. Sobre éste, varios cables de corta longitud, conectados a dos pilas de petaca y a un teléfono Nokia 3210 sin carcasa. Sólo bastaría de una llamada que hiciera vibrar el teléfono, dar corriente a la pila y acto seguido, convertirnos en chorizos a la brasa.
Pensé en Blanca, allá donde estuviera, pensé en un último baile, un último beso. No había tiempo para dramas aunque la presión emocional hacía fuerza y me estaba poniendo sentimental. Esperanzado, deduje que pronto entraría alguien para comprobar el estado del artefacto. Agarré el arpón y esperé diez minutos hasta que la puerta se desplazó. La persona entró y caminó nerviosa hasta las cajas. Maldita sea, había olvidado limpiar el desorden.
—¿Qué cojones? —dijo el hombre. No veía su rostro, sólo su espalda.
—Un paso más —dije —, y te atravieso el pecho. Te lo advierto.
Levantó las manos y, sin darse la vuelta, comenzó a reír.
—Eres un bobo —dijo.
—¿Qué? —dije sorprendido—. Repite eso.
—Que eres un bobo —repitió—. ¿Qué quieres?
—Date la vuelta —ordené.
El hombre se giró. No lo había visto en mi vida. Aparentaba ser un tipo de unos cuarenta años, pelo corto, canoso, sin afeitar y de oscuros ojos; delgado, sin masa muscular, acento de la zona y una cicatriz en la parte derecha del rostro, bajo el ojo.
—Si disparas —dijo —, te verás en un buen lío. ¿Es dinero

lo que quieres?
—Aléjate de la carga —dije y cerré la puerta—. Vamos a morir.
—No —dijo él—. No, si me dejas desactivarla. Es una trampa.
—Tu jefe te va a traicionar —dije.
—¿Ah, sí? Cuéntame algo que no sepa… —dijo y bajó los brazos—. Soy el único que puede desactivar esto.
Por un momento, tropecé con la duda. El hombre sacó de su bolsillo una placa policial y me la mostró —: Hemos recibido una llamada indicando que el intercambio era una farsa. Mantén la calma, soy de la Brigada de Artificieros.
Tan pronto como bajé el arpón, el hombre se abalanzó sobre mí, tirándome al suelo. El arpón salió despedido de mis manos. Sin tiempo a reaccionar, giró por el suelo de la habitación, agarró de nuevo el arma y la puso contra mi pecho.
—Si te mueves o intentas algo, te atravieso el costado —dijo.
—Eres hombre muerto.
De pronto, se escucharon voces desde el exterior.
—Muévete, salgamos de aquí —ordenó.
Levanté las manos y caminé hasta la puerta. Abandonamos la habitación y regresamos al pasillo.
Allí se encontraba el oficial Rojo con el resto de la tripulación.
—¿Tú? —dijo el capitán—. ¿Qué hace él aquí?
—¡Maldita sea! —gritó Rojo.
—Oficial, lo he encontrado en la cámara —explicó—. Ha intentado atacarme.
—¿Qué demonios? —contestó Rojo—. Baja el arma, es inofensivo.
El tipo me empujó hacia el oficial Rojo. Me acerqué unos metros, temeroso de que disparara a mis espaldas, calculando cada paso que daba. Las suelas de mis zapatos crujían con la madera del pavimento.
—Miente… —susurré lo más bajo que pude con las

manos en alto—. Tienes que creerme, hay una carga explosiva en el interior… Tienen a Blanca, he intentado avisarte… Heikki Hämäläinen quiere tu cabeza, de lo contrario, volará el pesquero…

—¿Es eso cierto? —dijo el capitán al escuchar mis palabras.

—¡Cuidado! —gritó Rojo.

El policía accionó el arpón que, por fortuna, impactó contra la pared del pasillo.

Se escuchó un disparo.

—¡A los camarotes! —gritó el capitán y todos se tiraron al suelo. En cuestión de segundos, vi a aquel hombre en el suelo, con la mirada fuera de si y un agujero en el pecho por donde brotaba la sangre.

Se escuchó otro disparo, procedente de las escaleras de la escotilla. Vi a Rojo apoyado en una de las puertas de los camarotes. Otro hombre de la tripulación disparaba al interior con un revólver. La refriega duró apenas un minuto, el más largo de mi vida.

Blanca, de nuevo, quemando mis recuerdos.

Rojo ganó terreno al pistolero, acercándose a las escaleras que lo llevaban al exterior. Me acerqué al policía sin vida y busqué un arma entre sus pertenencias, pero se encontraba desarmado.

Los disparos continuaron, se escuchaban desde el exterior. Como en una partida de ajedrez, lenta y sosegada, tarde o temprano, uno de los dos terminaría arrinconado.

—Estamos llegando al punto de encuentro —dijo el marinero—. Mare de Dèu, no contaba con esto.

El silencio exterior se fundió con la noche.

Salí al exterior.

Tembloroso, me vi ante la noche cerrada, el farolillo que colgaba el asta del barco y un mar tranquilo pero constante. No podía ver nada ni a nadie hasta que una linterna me cegó.

—¡No dispares! ¡Por favor! —grité estremecido. Abrí los ojos, era el oficial, apuntándome con el farol —: ¿Está muerto?

—No lo sé —dijo—. Debe de haber caído al mar… Ahora llévame a esa cámara.

Corrimos hacia abajo, entramos en la sala y allí estaba la carga, intacta, con la pantalla del teléfono marcando la hora actual.

Rojo se apartó del resto, observando de cerca el explosivo. Los cuatro marineros y yo esperábamos expectantes a un veredicto policial.

—Estamos bien jodidos —dijo Rojo—. No sé mucho de estas cosas. ¿Habéis encontrado algún teléfono entre la ropa?

—Sí —dijo el capitán—. ¿Qué está pasando, Ximo?

Rojo cogió el aparato, lo puso en el suelo y lo trituró con tres pisotones, aplastando el artefacto contra la superficie.

—Qué no está pasando, capitán —dijo—. Esto nos ha salpicado a todos.

—Madre de Dios, qué vergüenza de pueblo —contestó—. Y ahora, ¿qué hacemos?

—Lo primero de todo, dejad vuestras pertenencias sobre la mesa —ordenó el policía—. Es por seguridad.

El capitán miró a los suyos, que parecían ofendidos por una causa honorífica.

—Hacedlo.

Al unísono, dejamos nuestras posesiones sobre la mesa.

Excepto yo, ninguno llevaba un teléfono móvil encima. Rojo lo requisó y guardó en su bolsillo.

—¿Y si tiramos al mar la bomba? —dijo uno de los tripulantes.

—No sin antes desactivarla —contestó el policía—. Podríamos freírnos en un segundo.

—Esto pinta fatal —dije.

—Si vas a abrir la boca, que sea para aportar algo… —contestó Rojo—. ¿Qué más te ha dicho Heikki Hämäläinen?

—Te quiere a ti —contesté—. Al parecer, uno de los hombres que vendrá en el barco, tiene acceso al número.

—¿Y éste?

—Podemos hacer el intercambio y saltar a su bote —dijo uno de los marineros.

—Volaríamos por los aires —dijo Rojo—. No tendríamos tiempo suficiente para escapar.

—No pienso abandonar este barco —dijo el viejo.

—Tampoco tenemos armas suficientes como para alcanzarlos en la distancia —contestó el otro.

—Entonces me entregaré —dijo Rojo.

—¡No digas estupideces! —contestó el lobo de mar—. Nos matarán. Esa gente sólo busca eliminar huellas. Es una encerrona, muchacho.

—En peores nos hemos visto —añadí. Todos me miraron expectantes, deseando que dijera algo con sentido —: ¿Disponemos de bote salvavidas?

—Sí —dijo el capitán—. Hay una pequeña lancha hinchable con motor… ¿Por qué?

—Creo que he averiguado la forma de dar esquinazo a esos miserables.

Encendimos el motor de la barca. Los marineros subieron, uno tras otro, en el bote. El último fue el capitán.

—No pienso abandonar mi barco… —dijo—. Este bote es mi casa.

—Capitán, haga el favor, se lo pido como oficial, no como amigo.

—Aquí, joven —dijo el hombre —, el único que da las órdenes soy yo.

La infinidad del mar, del horizonte en la noche, resultaba grandiosa, absorbente y aterradora. Me sentía en el medio de la nada, de lo infinito. Tétrico era pensar que, para algunos, su vida estaba allí.

—Al barco no le pasará nada —dijo Rojo—. Tan sólo, confíe en nosotros.

—¡Ja,ja! Eres tozudo como tu padre, joven —dijo el hombre. No resultaba fácil deshacerse de él —: Además, no sabrías cómo manejar este barco. Me necesitáis.

Rojo me miró a los ojos y levanté los hombros con rostro de incertidumbre.

—Está bien —dijo el policía —, pero desde ahora, estará bajo mis órdenes. ¿Entendido?

—Le encanta decir eso —dije mirando al viejo.

—Eso ya lo veremos —contestó el capitán dando media vuelta.

Despedimos a los tripulantes y se alejaron en aquella barca con dirección al faro de la bahía, que todavía se podía ver alumbrando a lo lejos.

—Continuemos con la travesía —dijo el oficial—. Avísenos cuando estemos llegando al punto de encuentro.

—Que así sea —dijo el lobo de mar.

—Tú vas a venir conmigo —me ordenó Rojo—. Me temo que tendremos que hacer una pequeña modificación a tu plan.

—¿Cómo?

—Caballero, ya sabes cómo soy, ¿verdad? —dijo con sorna—. A estas alturas, no creerás que voy a arriesgar mi vida para que recuperes a la chica.

—¿Has perdido la cabeza?

—Sígueme —dijo el policía. Bajamos por la escotilla hasta la sala en la que se encontraba la carga explosiva —: Sé que no entraba en tus planes, pero la vamos a desactivar.

Sentí un nudo agazapado en mi garganta.

—No cuentes conmigo —dije.

—Lo siento, pero necesitaré, al menos, una de tus manos.

—¿Y si me niego?

—Lo tendré que hacer por mi cuenta —explicó con tranquilidad—. Dudo que sobrevivamos juntos.

Inhalé.

Uno.

Dos.

Tres.

Guardé silencio.

—Espero que sepas lo estás haciendo.

—Siento decirte que no.

Nos acercamos al explosivo. El barco se inclinaba hacia los lados.

La marea había subido, las olas rompían contra la embarcación.

—Se trata de una bomba casera —dijo Rojo—. Eso es todo lo que sé. Aunque no es mi campo profesional, siempre he sido algo curioso. Este tipo de artefactos, no tienen mucho misterio.

—Pues...

—La carga explosiva suele estar conectada a un detonador. Éste a una fuente de alimentación, y la fuente, a un temporizador.

—Claro.

—Encontramos el cable que conecta la carga al detonador, lo desactivamos y problema solucionado.

—Claro.

—Todo en caso hipotético de que la carga sólo tenga un detonador y no dos, o incluso un activador, en caso de que alguien desactive el detonador principal.

—Ya no está tan claro…

—Existe la posibilidad de que la carga tenga una fuente de alimentación en el interior de la propia carga, además de la principal… Ya sabes, para evitar imprevistos.

—No me gusta esa idea, Rojo.

—¿No? Vaya… —dijo Rojo—. Mira, aquí tenemos un teléfono móvil que funciona como temporizador. Así que, la alarma que hará explotar esto por los aires, será una llamada telefónica.

—De cualquier número.

—Exacto —dijo—. El problema es que no conocemos el número.

—Por tanto, sólo nos queda desactivar el temporizador.

—Sí —dijo —, aunque esto no es Jungla de Cristal ni hay cables de dos colores. Puede pasar cualquier cosa, Gabriel.

Rojo estaba preocupado, me acababa de llamar por mi nombre.

—¿Y si tiramos la caja al mar?

—¿Eres tonto? —dijo.

Rojo se quedó observando a la carga explosiva. Salí de la habitación y me dirigí hasta el capitán del barco.

—¿Qué ocurre? —pregunté al hombre de la gorra. Su rostro estaba tenso.

—Tengo un mal augurio de todo esto, muchacho —dijo con su voz cazallera—. Sólo espero llegar a puerto con vida.

La velocidad del barco menguó hasta detenerse casi por

completo.

—Tranquilo, lo hará —contesté—. ¿Por qué nos detenemos?

—Hemos llegado al punto de encuentro —dijo —, aunque no parece haber nadie. Será mejor que cojas un fusil del camarote, nos conviene estar preparados.

A lo lejos, una lancha en forma de luz, se acercaba a gran velocidad.

Bajé las escaleras, cogí el arma que el hombre me había indicado y grité el nombre del oficial.

—¡Rojo! —repetí por tercera vez.

—Que Dios reparta suerte —dijo.

Salimos al exterior. El capitán del barco apagó las luces. Rojo sacó una maleta del interior del camarote. Debíamos hacer las cosas con calma. La operación había sufrido algunos cambios en su ejecución, fuera de lo planeado, reduciendo los refuerzos a un viejo marinero y un periodista provincial. Los traficantes vendrían armados y escoltados por otras embarcaciones que, en caso de que algo saliera mal, no dudarían en disparar. Por nuestra parte, Rojo tenía que dar una señal a las patrullas costeras de Santa Pola y Alicante para que intervinieran en la operación.

—Es hora de que hagas esa llamada —dije.

Rojo sacó el teléfono de su bolsillo y marcó el número.

—Qué extraño —murmuró con preocupación.

—¿Qué pasa ahora? —dije. Me temblaban las manos tanto que era incapaz de sujetar el rifle.

—No hay cobertura —dijo—. Alguien ha capado los repetidores.

—Eso es una buena noticia, ¿no? —dijo el capitán.

—Dentro de lo que cabe... —contesté.

—Si han bloqueado la señal telefónica —dijo Rojo —, también podrán liberarla en cualquier momento. Esto no cambia nada… Quizá se estén asegurando de que no les tendamos una emboscada.

—Puede ser un buen momento para tirarla al mar —dije.

—Que la señal esté desactivada —contestó Rojo —, no significa que haya dejado de funcionar.

—Esta situación es una jodida pesadilla —contesté.

El ruido de motores se amplificaba a medida que se acercaba la lancha. La tranquilidad del mar se veía alterada por su presencia.

—Escuchadme —dijo—. Pongámoslos en su contra. Uno de ellos trabaja para el finlandés. Será suficiente hacerlos dudar para que entren en pánico. En cuanto vacile el primero, sabremos que será él. Una vez hecho el intercambio, activarán de nuevo la señal telefónica.

—Y nos convertiremos en carne a la brasa —añadí.

—No permitas que la presión te pueda —contestó con seriedad—. Debemos actuar con sangre fría. Capitán, no desobedezca, pase lo que pase, volverá con vida a puerto.

—Y en mi barco.

Salimos al exterior.

La lancha se acercó a nosotros, deslumbrándonos con un foco de luz. Apenas pudimos ver cuántos de ellos había. Serían cinco, o tal vez seis. Cuando la embarcación se encontraba pegada a la nuestra, uno de los hombres abordó nuestro bote. Después, un segundo hombre para escoltarlo. El foco se apagó y vimos, bajo la luz de la luna, cuatro bustos con cabeza que aguardaban inquietos al otro lado.

—Buenas noches —dijo el hombre desconocido—. Hagamos esto rápido. ¿Dónde está el dinero?

Rojo mostró el maletín.

—Vaya, qué práctico —dijo —, pero no me fío.

Después hizo una señal y otro de los hombres subió —: Cuéntalo.

El hombre desconocido, encargado de los contrabandistas, nos miraba de reojo con los brazos en jarras. Rojo se adelantó mientras el otro hacía números.

—Está todo —dijo intentando distraerlo—. No soy yo quien te va a traicionar.

—¿Cómo dices?

—Uno de tus hombres —dijo—. Te la está pegando. No me digas que no lo sabías.

El escolta ni se inmutó.

—Muy astuto —dijo con risa floja—. No intentes jugar conmigo. Te dije que todo estaría bajo control. Hemos cortado la señal telefónica, no habrá interrupciones ni visitas inesperadas. Mis hombres son de confianza, están bien pagados… ¿Qué le pasa al viejo?

El capitán lo miró con los ojos entrecerrados. No logró aguantar.

—Hay una bomba en el barco, muchacho —dijo.

De pronto, el contador se distrajo. El escolta gruñó angustiado, no podía tragar saliva —: Vamos a saltar en pedazos como tapones de corcho.

—¡Mierda! —gritó el contador.

—¿Qué pasa?

—Necesito empezar de nuevo, joder.

—¡Me cago en la hostia! —dijo el contrabandista y levantó el arma—. ¡Cerrad la boca!

—¡Terminaréis siendo comida para las gaviotas! —dijo el escolta.

Sentí una descarga eléctrica en la columna vertebral.

Había escuchado esa expresión antes.

Sin dudarlo, me abalancé contra el escolta y lo tiré al suelo.

Escuché dos disparos.

El arma cayó a la superficie, me incorporé sobre él y le asesté un fuerte puñetazo en la nariz. Y otro. Parecía más débil. Había comenzado a sangrar. Después, me empujó hacia atrás de una patada. Recuperé el equilibrio, agarré el arma y le golpeé de nuevo con la culata en el rostro.

Se había desmayado.

Al levantarme, vi otro charco de sangre que bañaba la superficie. El oficial Rojo y el capitán del barco, apuntaban a los dos hombres que quedaban en la embarcación. Metí la mano en los pantalones del matón mientras permanecía inconsciente y saqué un viejo teléfono móvil.

—Aquí está —dije victorioso, levantando un viejo Nokia.

—¿Cómo lo has sabido? —dijo el capitán.

—Había escuchado esa frase antes, en boca del finlandés.

—Lo que tú digas —contestó Rojo. El policía ordenó a los dos hombres restantes, que saltaran al mar, y así hicieron. Agarró el maletín que contenía el dinero y saltó a la otra embarcación.

—¡Vamos! —ordenó.

—No pienso dejar este barco —dijo el capitán.

Rojo no contestó.

—No tengo tiempo para dramas ni momentos de nostalgia —dijo—. Suba a la lancha o encuentre su final.

Salté a la embarcación y agarré del brazo al marinero. El viejo lobo de mar se negaba a dejar lo que había sido, durante muchos años, su hogar. No era fácil, podía entenderle. Rojo no era un hombre de negocios.

El hombre encendió las luces del barco, se despidió besando la parte exterior donde se leía AGATA en letras azules sobre blanco y saltó a la lancha.

—Vámonos —dijo—. Es tarde.

—¿A dónde nos dirigimos? —pregunté bajo la oscuridad.

—Será mejor que el capitán tome los mandos —dijo Rojo—. Pronto nos alcanzarán. ¿Tienes el teléfono a mano?

—Sí —dije y se lo entregué—. No hay ningún número memorizado, es inútil.

—El único inútil eres tú, Caballero —dijo con mofa—. Mira, en el registro de llamadas perdidas, hay un número. Ahí lo tienes.

—¿Cómo estás tan seguro?

—Vamos a comprobarlo —dijo y marcó. No sucedió nada. Rojo tenía el aparato pegado a la oreja —: ¡Mierda! Ha salido un contestador.

—Nunca sabremos quién fue.

—A estas alturas, qué importa… —dijo el capitán.

Miramos al barco por última vez, a lo lejos.

De pronto, por sorpresa, una fuerte explosión nació del interior de la nave, haciendo añicos el barco y

despidiéndolo por los aires.
—¡Maldita sea! —dijo el capitán.
—Ese era el número —dijo Rojo.
Un retrato singular, un barco en plena decadencia, hundiéndose en el mar, y a nosotros, los tres, alumbrados bajo el ocaso de las llamas, sobre aquel bote de emergencia. Encontré belleza entre tanto infortunio.
—¿A dónde nos dirigimos, capitán? —preguntó el oficial intentando, por enésima vez, usar su aplicación de mapas en internet.
—No lo sé —dijo el viejo. Miró hacia atrás, después se giró de nuevo —: No logro ver el faro. Si regresamos en dirección al barco, tal vez lleguemos a puerto.
—¿Cómo está tan seguro? —pregunté.
—Es a mí a quien le hacéis las preguntas, ¿no?
—Si todo sale como habíamos planeado, pronto tendremos que preocuparnos por otras cosas —dijo Rojo.
—Nada ha salido como habíamos planeado —contesté.
—¡Callaos ya! —dijo el marinero—. El sol no saldrá hasta las seis y media, aunque puede que, con la claridad, veamos algo.
De pronto, otro pesquero se acercaba a lo lejos, con las luces encendidas.
—Vamos a tener suerte —dijo Rojo.
—No te fíes, muchacho —contestó—. Los domingos, los barcos no salen a faenar.
—Entonces serán ellos… —dijo.
—No seas burro, Rojo —contesté—. Lo mejor será girar, y continuar en dirección al barco.
—Caballero, si vas a mearte encima, te ruego que saltes antes al mar —dijo Rojo—. En estos momentos, les llevamos ventaja. Creen que el barco ha saltado por los aires con vosotros dentro. Dudo mucho que Hämäläinen conozca a todos los hombres que trabajan para él, así que nos acercaremos al barco y me entregaréis.
—¿Cuándo saldremos victoriosos? —pregunté.
—En el descuido —contestó —, los abatiremos.

—Así, sin más —dije—. Como en una película de Steven Seagal.
—El tiempo corre y las opciones escasean —añadió el policía—. Ya me ha traicionado uno de mis hombres. Sospecho mucho que las patrullas costeras estén por la labor de meterse en esto… En todo caso, la Guardia Civil son los únicos que nos podrían echar una mano… pero la operación pasaría a otras manos y se haría pública.
—La gente ignora las leyes en alta mar —dijo el capitán—. Me pregunto, si vosotros los periodistas, algún día os dignaréis a contar la verdad.
—¿Qué verdad?
—Aunque salga de esta con vida, no seré yo quien colabore, muchacho —dijo —, pero conozco a quien sí lo haría por mí.
—Ya hablaremos de eso —dije—. Pisemos tierra, primero…
—Sí, dejaos de cháchara —sentenció Rojo—. Vamos a abordarlos como auténticos piratas.
—Estás perdiendo la cabeza, Rojo…
—Con valía, cojones.

Con el farolillo apagado y a gran velocidad, nos dirigimos al pesquero hasta tenerlo cerca. Detuvimos el motor y dejándonos llevar, la marea nos acercó a los laterales del barco. Bajo la penumbra, resultaba complicado ver algo, un movimiento, una sombra. No nos esperaban.

—Es el momento —dijo Rojo.

Lo impulsamos con las manos y saltó al barco. Después fui yo.

La barca se tambaleó.

—Vamos, capitán —dije ofreciéndole la mano al viejo.

Una vez hubo subido, se escuchó un golpe metálico.

—Ahora —ordenó Rojo.

Caminamos en cuclillas varios metros hasta que avistamos a un vigilante en la popa.

El oficial se acercó a él por detrás, lo noqueó con un golpe seco en el cuello y dejó el cuerpo en el suelo. Escuchamos ruido de cadenas. Entonces sentí una presencia. No estábamos solos.

Unos focos de gran potencia iluminaron el barco. Desde la sala de mandos, se contemplaba una figura.

—Vaya, vaya… —dijo la voz desde la plataforma. Era él. Era Heikki Hämäläinen —: Estoy sorprendido, oficial.

—Ya me tienes —contestó Rojo—. Es lo que querías, ¿no? Déjalos en paz.

—Bravo, muy heroico… ¿Has terminado ya? —preguntó el finlandés—. Venga, deshaceos de ellos.

Escuché un graznido.
Vi al capitán caer al suelo. Cuando intenté girarme, el dolor de un golpe acertado, combinado con el frío metálico de la porra, abría una segunda en mi cabeza. Todo se volvió más y más oscuro, todo daba vueltas y más vueltas como un carrusel. Intenté agarrarme a algo, pero no pude y cerré los ojos, dándome una vez más por vencido.

La cabeza seguía girando. Un escozor ardía en la parte trasera de mi cráneo. Abrí los ojos con dificultad. Parecíamos estar en movimiento, pero no sólo yo, sino también el barco. Olía a pescado, ese maldito olor que entraba por tus fosas nasales y jamás salía. Por el amor de Dios, me estaba hartando de él. Cuando intenté estirarme, noté que me habían atado de pies y manos. Al menos, podía gritar, aunque no iba a servir de mucho. A mi lado, descubrí la presencia del viejo capitán, que se encontraba sentado en una silla, semi inconsciente y desvalido. Cuando sentí que abría un ojo, llamé su atención.
—¡Capitán! ¡Capitán! —dije animándolo—. ¿Está bien?
—¿Dónde cojones estamos? —preguntó con su voz rasposa—. Siento la peor de las resacas.
—Deben de habernos metido en las bodegas —dije.
—¿Puedes moverte?
—Puedo intentarlo.
—Entonces —dijo —, debemos desatarnos antes de que alguno de esos cabrones se asome por aquí.
Miramos a los alrededores. A simple vista, no había nada que nos sirviera de utilidad. El capitán se acercó, arrastrando la silla, hasta una botella de cristal. Después, la empujó y cayó al suelo, haciéndose añicos.
Temí que hubiese llamado la atención.
Sin preguntar, me acerqué ávido y procuré agarrar uno de los cristales del suelo. Era complicado. A mí no me habían

postrado en una silla, pero el ejercicio de agacharse y levantarse, resultaba complicado, más todavía cuando aquel dolor de cabeza me estaba matando.
En un primer intento, me arañé el brazo con uno de los cristales.
—¡Mierda! —exclamé.
—Lleva cuidado —dijo el viejo —, ya casi lo tienes.
Con toda mi peripecia, recuperé uno de los cristales y lo puse sobre las manos, aguantándolo mientras el viejo frotaba sus muñecas en él.
—Bien hecho, muchacho —dijo cuando rompió el precinto. Agarró el vidrio y rompió la cinta adhesiva de mis muñecas. Lo siguiente, fue cosa de niños. Cogí otro de los cristales y lo guardé para defenderme.
—Ahora, encontremos a Rojo —dije.
—¡Qué está pasando aquí! —gritó un centinela.
Me abalancé sobre él cuando noté que iba armado. Forcejeamos, me asestó un puñetazo y yo le devolví un mandoble, propio de boxeador aficionado. En uno de los golpes, el arma cayó al suelo. El capitán recuperó la pistola, apuntó y disparó, formando un gran estruendo, pero la bala salió en otra dirección. El centinela se deshizo de mí de una patada y me lanzó contra el suelo.
—¡Cuidado! —grité.
El capitán apuntó de nuevo y disparó. Se escuchó otro estruendo. Había hecho diana. El proyectil dio en el pecho de aquel intruso.
El movimiento del barco y la pérdida de fuerza del herido, provocaron que el cuerpo cayera encima del viejo lobo de mar. Me levanté a asistirle, pero encontré al hombre en el suelo, sepultado por la pesadez del fiambre.
—Madre mía, capitán —dije—. Nos hemos salvados por los pelos.
—Muchacho... —dijo con voz lastimada. Cuando le quité el busto de encima, encontré una gran mancha de sangre sobre su camisa. En un primer momento, quise pensar que no era suya, pero la mala suerte del capitán le había hecho

caer sobre los cristales. Una pieza afilada de varios centímetros, le atravesaba la costilla.
—Tranquilo, que esto no es nada, se pondrá bien —dije sosteniéndolo.
—Curiosa es la vida, ¿eh? —dijo—. Cuando te tienes que morir… te mueres… Lo que te salva una vez… te mata después…
—No diga tonterías, hombre —dije aguantándolo entre mis brazos—. Se pondrá bien, ya lo verá.
De pronto, escuché otro golpe, todavía más fuerte. Alguien se aproximaba.
—Toma… la… pistola… —dijo el viejo reuniendo todas sus fuerzas.
—No sé disparar.
—Piensa que es un arpón… y que tu presa… un tiburón —dijo—. Respira… concéntrate… y no lo pienses demasiado.
Agarré el arma con una mano y sujeté el cuerpo del capitán con la otra. Las pisadas se acercaron.
Miré a la puerta.
La mano me temblaba.

¿Cuánto tiempo habríamos pasado allí, dentro de aquel pesquero? ¿Dónde nos encontraríamos? Tras el golpe, el barco se detuvo. Apoyé al hombre contra la pared, procurando que no empeorara. Sostenía el arma en mi mano, agarrándola con fuerza y miedo a la vez. Nunca me gustaron las armas.

—Hemos llegado a puerto —dijo el viejo—. No lo dudes, dispara.

Pero no pude hacerlo.

La puerta se abrió de un golpe.

—¡Gabriel! —dijo la voz femenina. Era Blanca Desastres, tan viva como hermosa. Su mirada cristalina parecía haber encontrado al ángel que habitaba en lo más profundo de mi ser —: ¡Estás vivo!

Blanca se dirigió a mí como si ya me hubiese dado por muerto. Agarró mi rostro con las dos manos y nos fundimos en un suave beso inesperado. Después nos abrazamos. El olor de su pelo, seguía intacto. Con el paso del tiempo, cada persona adquiere una fragancia, un perfume único. Esa esencia como seña de identidad única que se adhiere a la piel y al recuerdo, aprendiendo a no desaparecer, a permanecer intacta. Podía distinguir aquel aroma delicioso entre la peste a pescado podrido. Era Blanca. La habría reconocido incluso estando ciego.

—Tenemos que ayudarle —dije señalando al capitán—. Está herido, hemos tenido algunos contratiempos.

—Ya veo —dijo Blanca observando al centinela en el suelo.
—¿Cómo has logrado escapar?
—Es una larga historia, Gabriel —dijo—. Ya tendremos tiempo para las explicaciones… De momento, tenemos que salir de aquí. Hemos llegado al puerto de Palma de Mallorca.
—¿Qué? —dijo el viejo.
—¿Palma? —pregunté—. Dios mío.
—Sí —dijo ella agitada—. Algo grave ha sucedido.
—¿A qué te refieres?
—Me encontraba en un camarote, supervisada por un matón —explicó—. De pronto, se escucharon disparos y el vigilante salió a ver qué pasaba. Aproveché la coyuntura para escaquearme, y me encontré a la tripulación sin vida. Alguien debió hacerlo. Todos llevaban un cangrejo tatuado en el cuerpo, Gabriel. Pese a todo, el barco está vacío, nadie ha sobrevivido…
—¿Y Rojo?
—No hay rastro de él —dijo —, ni de Hämäläinen.
—Si nos damos prisa —dije —, los cogeremos.
Blanca miró al capitán.
—No os preocupéis por mí… —dijo—. Atrapad a ese desgraciado…
Escuchamos voces que procedían del exterior.
Parecían agentes.
—No tenemos mucho tiempo —dijo Blanca.
—Yo los entretendré… —dijo el capitán—. Muchacho… nos vemos fuera de aquí, ¿entendido?
—Que así sea —dije y salí con Blanca de la habitación.
En el exterior, dimos esquinazo a los curiosos y a una patrulla portuaria que había divisado la intrusión de un barco sin registro. Blanca se acercó a uno de los pescadores para pedirle que enviaran una ambulancia. A lo lejos, vi como las siluetas de Rojo y Hämäläinen entraban en un taxi. ¿Qué diablos sucedía?
Levanté la mano a uno de los conductores que por allí

pasaban. El mismo paisaje resultó tan familiar que creí tener un deja-vu.

—¿Está libre? —pregunté.

El hombre asomó su cuerpo por el asiento del copiloto. Una gorra con el logotipo de una marca de leche le cubría la frente.

—¡Mare de Dèu! ¡Pensé que no te volvería a ver! —dijo el taxista—. ¿A dónde os llevo?

El azar de la vida, quién me lo diría. Como si no hubiese más taxistas en la ciudad. El hombre parecía alegre por volverme a ver, enfundado en sus gafas de sol con cristales de aviador.

—¿Quién nos acecha esta vez? —preguntó con mofa.

—Por favor, detrás de ese coche —ordené—. Hoy somos nosotros…

—Pues que así sea, joven —contestó el conductor.

—¿De qué conoces a este hombre? —me susurró Blanca.

—Es una larga historia —dije con una mueca.

El viento nos daba de cara, una guitarra flamenca salía por los altavoces y la tapicería del coche dejaba un embriagador perfume a pino.

—¡Olé, olé! —dijo el hombre dando un golpecito con la palma en la puerta del coche —: Segunda mano. Calidad de la buena. ¿Están cómodos los señores?

El hombre se reía de sus propias bromas.

—Vaya con precaución —ordené—. No quiero que nos descubran…

El vehículo tomó una salida del puerto y entró en la autovía. El desierto árido de las montañas, los secarrales, las chumberas y el asfalto.

—Esto es muy raro, chaval… —dijo el taxista—. Estamos regresando al puerto.

—¿Estás seguro?

—Hombre, y tanto… —contestó—. Ahora, que por mí…

no hay problema.

Llegamos a un puerto de carga y descarga donde decenas de contenedores de colores y gran tamaño, se apilaban formando un laberinto imposible. El coche aminoró, se detuvo y los dos se apearon. Nuestro conductor continuó con disimulo y estacionó a unos doscientos metros.

A lo lejos, pude ver algo todavía más extraño. Hämäläinen empuñaba a Rojo por la espalda con una pistola.

—Gracias —dije y le di un billete de 50 euros al conductor.

—¿Quieres que espere? —preguntó mientras guardaba el dinero en su cartera.

—No será necesario —contesté—. A partir de aquí, nos encargamos nosotros.

—Suerte, chaval —dijo el hombre—. No te metas en muchos líos.

Después arrancó y salió quemando rueda.

Miramos al cielo, el sol de la tarde calentaba cada vez menos. En unas horas, se pondría y si llegábamos al ocaso, no habría forma de encontrar a nadie entre tal enredo.

—Tengo miedo —dijo Blanca agarrándome el brazo derecho—. Creo que deberíamos llamar a la policía, Gabriel.

—No —dije y saqué la pistola de mi cintura—. Estoy harto, Blanca. Es hora de poner fin a esta historia.

El cantar de las gaviotas reverberaba entre los contenedores de carga. Un escenario tan colorido como tétrico. Sujeté el arma tembloroso y caminé al frente. De pronto, escuchamos un golpe metálico.

—¿Qué ha sido eso? —preguntó Blanca.

—Quédate donde estás —dije y arranqué a correr.

Adelanté varios metros dando un par de zancadas, miré a ambos lados y no encontré a nadie. Una pelota de tenis se anudaba en mi garganta.

Aquel laberinto se me quedaba demasiado grande, como si no tuviera fin. Todas las salidas eran iguales. Los contenedores formaban corredores infinitos que terminaban a lo lejos, dejando la vista del mar y el horizonte. Seguí caminando, procurando recordar la dirección que tomaba para no retroceder, pero todo era inútil y sentí que hacía círculos en el aire.

—¡Gabriel! —gritó Blanca señalando algo.

Giré el rostro, levanté el arma y vi una sombre que se escondía tras un depósito metálico de color azul.

—¡Rojo! —grité y fui en la misma dirección, pero al llegar a la esquina, la sombra había desaparecido —: ¡Me cago en todo! ¡Rojo!

—¡Corre! —escuché con eco, procedente de uno de los pasillos.

Levanté el arma, un brazo se estiró, apareciendo de la nada. Distinguí una zarpa humana, protegida por un guante de cuero negro que sujetaba el arma. Los dedos accionaron el gatillo y me arrojé al suelo.

Estuvo cerca.

—¡No! —gritó Blanca a lo lejos.

Saqué la pistola y apreté el gatillo. El disparo atronó en mis oídos.

—¿Blanca? —dije en voz alta.

No advertí nada.

Escuché otro disparo, a lo lejos, y el instinto me arrastró al suelo. Un fuerte quemazón nacía de mi muslo derecho.

—¡Ah! ¡Joder! —grité inconsciente. La bala me había rozado la pierna —: Maldita sea, escuece de cojones.

La pierna pesaba una tonelada, me sentía paralizado, incapaz de caminar. El suplicio aumentaba y aumentaba. Aunque sabía que no me iba a morir, tenía que hacer algo antes de que me desangrara. La herida podía afectar al resto de la pierna.

—¡Gabriel! —gritó de nuevo Blanca corriendo hacia mí. Vi el pánico en sus ojos, las lágrimas cayendo como dos ríos colmados. A escasos metros, se agachó y me besó, para después darme un fuerte abrazo —: ¿Estás bien?

Había merecido la pena.

—Me tiembla la pierna… —contesté nervioso—. Debe de

ser la adrenalina.

—Tenemos que pedir ayuda, Gabriel —dijo ella mirando la herida—. Es peligroso.

—Pero ese cabrón…

—Gabriel… —dijo poniendo el dedo índice entre mis labios—. Déjalo, por favor, hemos ido demasiado lejos…

—Pero Blanca, ¿no lo entiendes?

—Necesitas asistencia médica.

—Escúchame —dije—. Me importa bien poco la noticia… Lo hago por él, es mi amigo.

Blanca me sujetó la mano y apretó con fuerza. Sus lágrimas iban a romper de nuevo con sólo pensar en mi pérdida. Encontré en su rostro una respuesta: ella todavía me quería.

Nunca había dejado de hacerlo.

Cuando nuestros labios estuvieron a punto de fundirse en un último beso, oímos dos disparos.

—¡No! ¡Rojo! —bramé y me levanté, arrastrando la pierna.

Sin embargo, el final hallado no fue propio de cartel de cine. A unos veinte metros, el cuerpo de Hämäläinen descansaba sobre un charco de sangre propia en el suelo. Un hombre con sombrero y cabello albino, me daba la espalda, sujetaba otra pistola y dirigía a Rojo sus últimas palabras.

El policía lo miraba arrodillado en el suelo.

Levanté el arma una vez más, apunté a aquella figura en la lejanía como pude y me dispuse a disparar.

Rojo advirtió mi presencia y cambió su expresión. Antes de que apretara el gatillo, levantó las manos intentando decirme algo.

—¡No lo hagas! ¡No dispares! —gritó repetidas veces.

El tipo del sombrero levantó su pistola y apuntó hacia mí. La bala impactó contra uno de los contenedores de acero y el hombre desapareció entre bastidores sin dejar rastro.

—¡Rojo! —grité mientras me acercaba.

Blanca me socorrió por la espalda. El oficial se levantó con las manos en la cabeza.

No parecía feliz de verme.

—¡Te dije que corrieras! ¿Qué coño haces aquí? —exclamó avergonzado.

En su expresión, noté algo raro.

—Es ese hombre… —dijo Blanca.

El tipo del sombrero subió a una lancha en la que esperaba otro escolta. Sin aparente premura, arrancaron el motor y se perdieron en las aguas.

—¿Qué está pasando, Rojo? —pregunté confundido señalando al cadáver del finlandés—. ¿Eh? ¡Dime, joder!

—Tranquilízate, Gabriel… —contestó con autoridad.

Levanté la pistola y le apunté al entrecejo.

—¡Gabriel! ¡Cálmate! —gritó Blanca.

—¿Sabes? Estoy harto, de verdad… Estoy hasta las pelotas de ti, de tus historias, de tus mentiras… —dije—. Pensaba que éramos amigos, de los que se cuentan la verdad, al menos, la que importa, pero me he equivocado contigo… Francisco, Joaquín, o como te llames… ¡Estoy harto! ¡Muy harto! ¿Quién era ese hombre? ¿Quién eres tú? ¿Cómo hemos terminado así, oficial?

El oficial se pasó la mano por el cabello.

—Baja el arma, anda.

—¿Eso es lo que vas a hacer? ¿Ignorarme? ¡Pues ignórame!

—Te lo explicaré todo en su momento —dijo con tono amistoso. Consumido, bajé la pistola. Los tres sabíamos que no lo haría —: Ahora, dame eso. No es tuyo, nosotros no hemos estado aquí, al menos, vosotros dos. ¿Entendido?

El oficial me quitó el arma, la limpió con un pañuelo que sacó del bolsillo y la volvió a dejar sobre las manos del finlandés. Después comprobó la hora.

—De nuevo, tú escribes las normas, ¿cierto?

—No te pongas melodramático, Caballero.

—Algún día te descubrirán —contesté—. No puedes ir por la vida…

—Déjalo estar, ¿vale? —interrumpió—. Ya tienes tu historia, así que mejor será que vayáis a un hospital, eso

tiene muy mala pinta.
—No.
—¿Quieres que te detenga? —preguntó—. Te puede salir caro el berrinche.
—Es por tu mujer —proseguí—. Él sabe algo, por eso te ha dejado con vida.
—No empieces…
—Hämäläinen era parte de la estructura, ¿es así? —pregunté. El oficial negaba con la cabeza —: Era parte del engranaje y sabías que él te llevaría un peldaño más en las escalera.
—No vas mal encaminado —dijo con desdén—. El problema de las drogas termina con Hämäläinen, por el momento. Lo tenéis en bandeja… ¿Qué queréis? Una de las operaciones de narcotráfico más grandes y con menos hombres que pasará desapercibida, tanto para el Estado como para los medios, y será mejor así… No me cites, pero puedes quedarte con la frase.
—¿Qué pintas tú en todo esto? —preguntó Blanca—. Has demostrado demasiado interés.
—Sólo hago mi trabajo —contestó—. Las cosas cada vez están más difíciles y tensas, así que he tenido que refinar mis métodos y volverme algo menos convencional. Lo último que necesito es perder el trabajo.
—Esto ha sido una farsa —reproché.
—En absoluto.
—¿Quién eres, Rojo? —pregunté de nuevo.
—Ya lo sabes.
—No, no lo sé —contesté molesto—. Creo que nunca lo sabré.
—Entonces, cierra el pico de una vez —repitió—. Se aproxima un coche patrulla, alguien ha debido de hacer una llamada… Tomad ese camino, os llevará a la salida de camiones.
Antes de repetirme, Blanca me agarró del hombro y tiró de mí hacia atrás. Rojo clavó su mirada en mi frente, esperando a que me marchara.

—Nos vemos… oficial —contesté y miré a Blanca. Ella me devolvió el gesto con una expresión confusa, triste, digna de final de película de cine, de romance en la que la chica se va y el chico muere. Una expresión que resolvía nuestro desenlace.

Aunque sólo fuese una apariencia, la historia había llegado a su fin. La muerte de Heikki Hämäläinen entregó un héroe y un villano a la prensa local, poniendo punto y a parte, a un verano sangriento en el Mediterráneo que había desatado el pánico entre turistas y hosteleros. La ciudad de Palma de Mallorca, se convertía en el escenario de una operación de narcotráfico encabezada por las Brigadas de Homicidios y Estupefacientes de la Comunidad Valenciana, la Región de Murcia y Baleares. La prensa no tardó en recalcar que las Fuerzas del Estado llevaban meses tras Heikki Hämäläinen y su organización. El inspector jefe de la comisaría de Palma declaró el fin a un oscuro episodio y al éxito de la operación, con la detención de más de 50 hombres, que se organizaban repartidos por las ciudades del litoral ibérico; una tonelada de estupefacientes comprimidos y medio millón de euros oculto en bolsas de deporte. Al parecer, la mayor parte de los cargamentos se encontró en el puerto marítimo de Palma, tras el aviso de un oficial de la Brigada de Homicidios de Alicante, que había perseguido hasta allí, al cabecilla de la organización.

La noticia fue recibida con agrado entre los cuerpos policiales, después del verano que estaban cargando a sus espaldas. Sin embargo, no hubo señal alguna del hombre del sombrero.

Blanca decidió quedarse unos días en la costa mientras

ordenaba sus sentimientos y yo estuve a favor de que lo hiciera. Decidimos que, una vez en la Península, volveríamos a aquel hotelito a pie de mar, haciendo una pausa en la historia, rebobinando la cinta hasta encontrar el momento en el que ella despertaba y éramos felices.

Por fortuna, la herida no fue más que un rasguño producido por el roce de la bala. El médico me dijo que podría haber sido mucho peor si el proyectil hubiese tocado el músculo, pero no hubo por qué preocuparse. Mis dificultades al caminar fueron también razón para que Blanca se quedara a mi lado esos días.

—¿Qué te pasa, Gabriel? —dijo ella—. Pareces preocupado. ¿Es por el dinero?

—No, eso es lo de menos —contesté—. Me jode haber perdido la oportunidad de nuestra vida, pero se trata de Rojo, ya sabes.

—Te dije que lo dejaras. Ese policía, es un sociópata.

—Puede ser, Blanca, pero sabe que su mujer sigue viva. De hecho, todo esto es por ella.

—¿Y qué importa? —dijo resignada—. Si sigues metiéndote donde no te llaman, acabarás mal, muy mal.

—Importa, Blanca, y mucho.

—Eres un periodista, Gabriel —contestó—. No un policía. Lo tuyo es contar historias, no provocarlas.

—Mi trabajo es contar la verdad.

—Quizá, el mundo no quiera saber ciertas cosas.

La miré a los ojos con desprecio, pero Blanca sólo trataba de hacerme comprender que existían elementos más importantes que el trabajo.

—Perdóname —dije.

El cielo se mostraba oscuro, era de noche y la brisa soplaba con delicadeza. Una luna enorme alumbraba como un farol reflejado en el mar, dejando un camino hacia el infinito.

—¿Qué van a tomar? —dijo una camarera.

Pedimos gamba roja, calamar fresco a la plancha, una bandeja de mejillones al vapor y dos vasos de vino blanco bien fríos.

La chica se fue con la sorpresa en su rostro y dejó a la vista a un comensal sentado en la esquina. Tenía el pelo rubio, casi albino. Parecía extranjero, aunque ya no confiaba en las apariencias. Me puse nervioso y di un pequeño golpe en la mesa con la pierna.

—Tranquilo —dijo Blanca agarrándome la mano —, es una coincidencia. La psique puede ser muy traicionera…

El hombre, acompañado de una mujer rubia de cabello largo, vestido blanco y ojos verdes, dirigió una mirada a la mesa. Después, su atención al resto de comensales y a la chica.

—Tienes razón —dije—. Debe de ser el maldito estrés, necesito ese vino…

La amable camarera regresó con dos copas y una botella. Procuré entretener a Blanca, con el fin de que no se diera cuenta, pero no lograba perder de vista a ese hombre que me observaba, risueño, bebedor y sigiloso,

—¿Qué vas a hacer ahora? —preguntó ella.

—¿Qué quieres decir?

—Vamos, si tienes planes.

—Si te soy sincero, no me había parado a pensar en ello… —contesté—. Otro verano que termina… En fin, ahora que todo ha llegado a su fin, supongo que me devolverán el piso y volveré a la normalidad, aunque no haya de eso en mi vida.

—Deberías darte un respiro.

—No me vendría mal.

—Podríamos intentarlo de nuevo —dijo nerviosa y con voz quebrada. Un rayo de luz eclipsó mi atención, centrándome sólo en sus ojos y labios —: Lo he pensado, Gabriel. No es que me haya olvidado de lo que hiciste, porque no... pero sé que parte de aquello lo causé yo. Sé que la relación con mi familia tuvo parte de culpa… No supe manejar la situación y reconozco que te exigí demasiado.

—Pero, Blanca...

Apretó mi mano de nuevo.

—Gabriel... —dijo con su voz quebrada—. Para una estupidez, mejor no digas nada.

—Sólo una cosa…

—Yo te quiero, es algo contra lo que no puedo luchar, ya no —añadió—. Estos días me he dado cuenta de ello.

Volteé su mano, me acerqué a sus ojos, la agarré por la nuca con delicadeza y la besé en los labios con fuerza. Un beso largo pero ameno, dulce y delicado. El beso que mejor me había sabido hasta entonces.

Su mirada cristalina rompió en una lágrima brillante que bajó por los carrillos.

—Voy a pedir un cava bien frío para que lo suban a la habitación —susurré.

Ella rió.

—Estás loco, Gabriel.

—Loco por ti, Blanca Desastres.

Cuando llamé a la camarera, la mesa del fondo estaba vacía, pero no me importó lo más mínimo.

Subimos al dormitorio, descorché la botella y bebimos ansiosos entre susurros, silencio y miradas furtivas, mientras por la radio, Sam Cooke cantaba para nosotros y hacíamos de aquella noche un clásico. Cuando el cava hubo terminado, la noche sólo acababa de rendirse ante nosotros. Fundidos entre besos, nos desnudamos con fuerza, como si sólo hubiera tiempo que recuperar. Blanca llevaba lencería oscura y esperaba en la cama mientras me desabrochaba los pantalones. Los besos se convirtieron en ternura y las caricias en tocamientos más y más firmes, que subían y bajaban por todo el cuerpo haciéndonos sudar. Agarré a Blanca por el culo y la empotré contra la ventana. Escuché un gemido. Blanca me agarró del pene y me introdujo en ella. La temperatura aumentó, volviéndonos más y más salvajes, lamiéndonos como animales hasta terminar haciendo el amor junto a la ventana del cuarto.

Después, dormimos, uno junto al otro; ella sobre mi pecho, bajo las sábanas de la habitación.

Desperté a causa del teléfono. Abrí el ojo izquierdo y contemplé las estrellas de una noche cerrada. Desde la playa, una delicada brisa movía las cortinas blancas. Miré a la mesilla y vi la pantalla del aparato encendida. Tenía un mensaje nuevo.

"Vamos a dar un paseo por la playa. Te espero fuera."

El mensaje había sido enviado desde un teléfono desconocido con prefijo extranjero. No me dio muy buen augurio, pero la curiosidad me pudo y, en silencio y con cuidado, me vestí con rapidez y salí de la habitación sin despertar a Blanca. Al cruzar la recepción, el hombre que allí hacía guardia, me miró adormecido frente a una televisión.

—Voy al coche —susurré—. Me he olvidado de algo.

El tipo asintió con la cabeza y volvió a su encuentro con Morfeo.

Las noches junto a la playa se hacían frías a medida que agosto llegaba a su fin. La humedad recorrió mis huesos, que comenzaron a tiritar. El mensaje no especificaba el lugar, así que di la vuelta al edificio y caminé hasta la orilla de la playa, donde se encontraba la terraza.

Allí, bajo el resplandor de la luna y el farol del restaurante, vi una silueta masculina, fumando un cigarrillo. Desde lejos, podía ser cualquiera, aunque no parecía peligroso.

El hombre se cubría con una gorra y gafas de sol.

Arrastré los pies temblando de frío y miedo.

—¿Qué quieres? —dije tembloroso.
—Estaba a punto de marcharme —contestó. Era Rojo —: Hace un frío del carajo, y ni siquiera has contestado al mensaje.
—¿Cómo me has encontrado?
—¿A estas alturas me lo preguntas, Gabriel? —dijo llamándome por mi nombre de pila—. Soy un policía, siempre sé dónde te encuentras, idiota.
—¿También has pinchado las llamadas?
—No he venido por eso, escucha… —dijo cambiando de tema—. Creo que te debo una explicación.
—Nunca es tarde.
—Dame tu teléfono —ordenó y accedí. El oficial lo tiró al mar.
—¿Qué mierdas haces, tío? —grité indignado.
—Ya te comprarás otro —contestó—. A los iPhone no se les puede extraer la batería, no tenía otra opción.
—Podía haberlo dejado en la habitación.
—En fin, vayamos.
El agua helada de la orilla nos bañaba los pies cuando la marea subía y bajaba. Con los minutos, comenzó a resultar placentero. Desde la playa de El Pinet y sendas direcciones a nuestro alcance, el oficial decidió ir hacia las luces del puerto de Santa Pola. Caminamos en silencio, uno junto al otro hasta que nos alejamos lo suficiente de la curiosidad de los hosteleros y la presencia de luces.
—Seré breve —dijo —, déjame hablar y después haces las preguntas impertinentes que te plazca.
—Querrás decir pertinentes.
—Sé muy bien lo que he dicho… De ti, sólo saldrán impertinencias —rió—. Lo que te voy a contar es confidencial. Si abres el pico, tendré que buscarte y sacarte las tripas. Si no lo hago yo, lo harán ellos.
—¿Ellos?
—No empieces —repitió—. Lo haremos a mi manera. Yo te cuento la historia real y tú escribirás otra que te dará de comer y así pasarte otro año divagando sobre qué hora se

pone el sol. ¿Entendido?

—Pero Rojo…

—¿Sí o no? Sólo te pido una cosa —dijo—. Me estoy jugando mucho, Gabriel, y tampoco quiero ponerte en peligro.

—¿Por qué debería creerte esta vez?

El oficial me agarró del hombro con firmeza y atravesó su mirada en la mía.

—Te estoy diciendo la puta verdad, Gabriel.

—Tú ganas.

El policía se dio un respiro y miró a sus pies.

—Imagino que durante estos días, te habrás preguntando quién era el albino, ¿verdad? No hace falta que me digas nada, lo sé… Verás, va a ser complicado hilarlo todo, pero lo haré lo mejor posible —dijo y tomó aire. Después guardó silencio varios segundos y miró hacia un punto de luz en el horizonte que debía de ser el faro de la isla de Tabarca —: ¿Recuerdas que te dije que había estado en Finlandia?

—Sí.

—Pues te mentí —aclaró—. Bueno, no del todo. Estar, estuve, ya lo creo… Como te dije, fui hasta allí en busca de mi esposa y conocí a esa mujer, Violeta… Lo que no te conté es que ella formaba parte de una organización piramidal, que atraía a sus víctimas a través de los seminarios de autoayuda, los cursos espirituales de la Nueva Era, pero también a través de la droga. Mi mujer cayó en una depresión, comenzó a tomar estupefacientes y hacer cosas que no le convenían… Esta es la parte en la que te mentí. Su vida cambió mientras yo me dedicaba a trabajar, día tras día, hasta que me di cuenta de que había perdido peso y maltratado al niño. Así que lo mandé con los abuelos, allí estaría bien y ella…

—¿Qué sucedió?

—Le corté el grifo —dijo avergonzado—. Si se iba a morir, que lo hiciese de hambre, pero no de yonqui. Pasar la abstinencia era el único modo de salir de esa, pero ni así.

Siempre se las apañaba para conseguir dinero, siempre tenía algo que vender para otra dosis…

—¿Heroína? ¿Cocaína?

—No, no era una yonqui común —explicó, metió la mano en el bolsillo del pantalón y sacó una pastilla. En la píldora había dibujado un cangrejo —: Esto, ¿te suena?

—Resulta familiar.

—Lo que hay ahora en el mercado está modificado —dijo el policía —, es todavía más fuerte. Ya has visto lo que hace… Lo que tomaba mi mujer era el alucinógeno que usaban en terapia.

—Entonces, tu mujer no desapareció con la secta.

—Sí y no —matizó—. No te equivoques, una cosa le llevó a la otra. La excusa del panfleto fue para deshacerse de mí… Si ya estaba físicamente jodida, allí le destrozaron el espíritu.

—Lo siento, pero no veo la relación…

—Muy sencilla —contestó—. Mi mujer tenía depresión antes de empezar a consumir, así que el alucinógeno le hacía entrar en estado.

—¿Se volvía gilipollas o algo por el estilo?

—No —contestó—. Así como el cannabis, cuando es consumido, bloquea las ondas beta de tu cerebro y potencia las alpha y las theta. Las ondas beta son las que produces ahora, ebrio, y te protegen de los cambios. Esta sustancia acelera la manifestación de ondas theta y te ayuda a entrar en estado. Digamos que lo que hace es abrir una puerta a tu subconsciente, llegar al Nirvana y chorradas similares.

—¿Y después?

—No hay más que repetir y repetir lo que deben hacer hasta que se quede bien sembrado —dijo con resignación—. Lo llaman el método Ludovico, una terapia de choque inspirada en la Naranja Mecánica, moderna y bajo narcóticos, para formar un ejército de ladrones, vaya…

—Ahora, las piezas encajan…

—Supe que mi mujer estaba involucrada en algo más que una travesura cuando encontré una bolsita de pastillas en la cómoda. También sabía que estaba accediendo a mi ordenador personal y vendiendo los informes que guardaba en ellos.

—Pensé que eras más cuidadoso.

—Y lo era —dijo—. Es complicado, ¿sabes? Sobre todo, cuando se trata de tu mujer… Hay cosas que prefieres no aceptar.

—¿Qué ocurrió después?

—Le seguí el rastro —continuó—. Ella no era una genio de la tecnología, pero alguien le había enseñado cómo hacerlo. No usaba correo electrónico, lo guardaba todo en un lápiz de memoria. Borraba los historiales de búsqueda siempre que se conectaba a la red, así que no tuve más remedio que pedir un rastreo de las direcciones IP a las que accedía, como a sus llamadas y mensajes telefónicos…

—¿A quién?

—Eso no importa.

—Pero no encontraste nada.

—No —dijo de nuevo con cierto escozor—. Se marchó de casa, dejó la misma nota que otras mujeres, pero yo sabía que mentía… Seguí con la investigación, pero todo apuntaba a muerte presunta.

—¿En tan poco tiempo?

—En este caso sí —dijo—. Un año, era suficiente para la Ley.

—Vaya.

—Me negué a aceptarlo. Hablé con los de estupefacientes y criminología. Hice un par de llamadas e insistí en que encontraran el origen de las pastillas… Pasaron más de siete meses hasta que tuvimos algo, por supuesto, todo esto bajo manga, y me costó favores y dinero…

—Y la investigación te llevó al albino.

—No tan rápido —rectificó—. Los primeros indicios me llevaron a Rusia. Al parecer, hay mercado para las drogas sintéticas en la Madre Patria. No es de extrañar…

Después, usan las fronteras vecinas para expandirse por los países del Este. Me sentí frustrado, era como buscar una aguja en un pajar. Si tenía que ir hasta Rusia, estaba jodido, pero entonces ocurrió algo.

El paseo detuvo la conversación. Nos encontramos hasta una pequeña desembocadura que conectaba las salinas con el mar.

—Por aquí —dijo y bordeó el cauce hasta la otra orilla. Seguí sus pasos en la oscuridad, pisando con firmeza una arena que parecía hundirse hacia el infinito —: Un contacto del GDT de la Guardia Civil, me dio un atisbo de esperanza. La Interpol había dado con el paradero de un violento narcotraficante ucraniano. Lo había encontrado a las afueras de Turku, en un apartamento que funcionaba como laboratorio clandestino.

—Parece de película.

—Te asustaría conocer el mundo en el que vives —añadió—. Pavel Danilko fue abatido a tiros mientras veía Top Gun y cenaba una pizza margarita despatarrado en el sofá. En aquel laboratorio se encontraron discos duros que lo relacionaban con una red de proxenetismo que incluía a mujeres de todos los países de Europa. El vídeo que viste, era un montaje casero con parte de lo que se encontró.

—¿Cómo accediste a ello?

—La teoría de los siete grados —contestó—. Entendí que mi esposa no se encontraba en Rusia sino en alguna parte del país nórdico. Tomé unas vacaciones, aprendí finés, un idioma raro de cojones, y me fui hasta Helsinki a ver qué encontraba.

—Así conociste a Violeta.

—Muy bien, por fin das una —contestó—. Cambié de identidad y apariencia, comencé a preguntar por los bares y no tardaron en dar conmigo… Me llevó varios meses, hasta que Violeta me encontró a mí. Entablamos una aparente amistad.

—Te acostaste con ella.

—Era necesario —dijo—. Por eso te advertí… Con el

tiempo, le pregunté por su trabajo y me explicó cómo funcionaba la organización… Pese a todo, Violeta sólo tenía un contacto por encima de ella, alguien a quien ni siquiera ponía rostro… Sabía con quién trabajaba, aunque desconocía sus identidades.

—¿Qué más?

—Nada —contestó—. Me di cuenta de que trabajaba para quien había secuestrado a mi mujer y no podía hacer nada. Poseían células repartidas por diferentes países… Además, los nórdicos pasaban desapercibidos en nuestras costas… turistas con dinero, inofensivos y silenciosos… ¿Quién iba a sospechar? Juzgamos antes a los pobres, a los que creen en otra fe o acaban de salir de una guerra que a los que tienen la cartera llena… La realidad es así de cruda.

—¿Cómo acabó todo?

—Las organizaciones piramidales tienden a corromperse con facilidad —explicó—. Los Hermanos del Silencio fue un ejemplo de muchos… Victoria sembró su propia semilla en nuestra ciudad, creando un modelo económico similar al que venía ejecutando. No son los únicos, estoy convencido de que hay más en otras regiones. Países como Italia o Portugal, son muy aficionados a estos negocios de santería…En general, el objetivo son religiosos desencantados y fáciles de convencer… Es inútil, dudo que sea posible acabar con todos, se reproducen como huevos de mosca…

—¿Y qué pinta tu mujer con el finlandés en todo esto?

—Estoy llegando al final… —dijo—. Había dado el caso por perdido tras no encontrar nada el verano pasado. Sin embargo, el aviso de las primeras muertes a causa de los estupefacientes, y la coincidencia de tener un símbolo tan particular, me removió las entrañas.

—No sólo a ti.

—No me interrumpas, esto es serio —añadió—. Volví a mover tierra y mar para rescatar los archivos, aunque, una vez más, alguien se había saltado la cola de producción.

—Heikki Hämäläinen.

—No tardé demasiado en saber que era el superior de Violeta.

—¿Casualidad?

—Llámalo así, llámalo crisis política y económica.

—Pero Hämäläinen parecía despechado… —dije recordando sus palabras—. Buscaba venganza, reconocimiento social.

—Sí, y hacerse rico, también —añadió el oficial—. La compra a su nombre de un yate en Palma y un chalet con piscina en Pollença, despertó las alarmas, no sólo las mías… Imbécil de mí, que no me diera cuenta antes…

—¿De qué?

—Hämäläinen llevaba años en las Baleares. Su operación incluía sobornar a la policía regional hasta tomar el control. Lo mismo sucedió en la Comunidad Valenciana.

—Tu gente sobornada, quién lo diría.

—Nada nuevo bajo el sol —recriminó—. El contacto al que mi mujer le pasaba información, también era un compañero de la Brigada… La mierda nos cubre el cuello desde hace más de una década, Caballero… Nos referimos a países del Este para hablar de corrupción policial, aunque no hace falta irse muy lejos…

—Un momento… —interrumpí—. Insinúas que tu mujer fue absorbida por una red piramidal de trata de blancas y narcotráfico.

—Sí.

—Y esta red nace en Finlandia.

—No estoy seguro del todo —dudó —, pero parece que está financiada allí.

—Guau —dije—. Esto es… demasiado.

—Vivimos en una madriguera podrida.

—Una cosa más.

—Dispara.

—¿Quién era ese hombre?

—¿El albino?

—Sí.

—Su nombre es Arvid Eettafel, conocido bajo el

pseudónimo de la Hidra.
—La Hidra de Lerna.
—Más bien de Tampere —contestó quitándole seriedad al asunto—. Era el superior de Hämäläinen, conocido como el Cangrejo por lo rojo que se ponía al cocerse a vodka. Esta gente se mueve con sobrenombres, como si eso les hiciera temibles. A los nórdicos les gusta mucho eso… En fin, él sabe dónde se encuentra mi mujer y sabía que Hämäläinen lo había traicionado. Me perdonó la vida, Gabriel y yo le di algo a cambio. No le costaba nada apretar el gatillo, y no lo hizo.
—¿Cuál es tu próximo movimiento?
—No lo sé… —dijo—. Me he planteado dejar el cuerpo. Con todo lo que conozco, no creo que tarden en mandarme a Siberia o hacerme la vida imposible… La cosa está muy chunga y esta gente tiene más influencia de la que pensamos.
—Déjate de historias, Rojo.
—Te estoy contando la verdad.
—¿Crees que tienen comprado al Inspector Jefe?
—Quién sabe… —contestó dando una patada al agua—. Tanto tú como yo, necesitamos unas vacaciones.
—El verano pasado me dijiste lo mismo.
—Te dije que te mantuvieras apartado, sólo eso.
—Supongo que vas a continuar buscándola.
—¿A mi Elsa? —preguntó mencionando por primera vez su nombre—. Puede ser.
—Vamos, no fastidies.
—A mí Elsa me importa un carajo —dijo elevando el tono de voz —, porque de ella, no quedará ni su nombre. Siguiendo viva, sus restos son los de una prostituta, vendida por una bolsa de pastillas, pero alguien tendrá que parar esto… No puedo meterme en la cama pensando que no he hecho nada por arreglar un poco este mundo, aunque no sirva de mucho lamentarse. La policía no es perfecta, ni funciona como en el cine y tampoco es capaz de abarcar todo lo que sucede. En esta sociedad existe un

submundo desconocido para muchos y nada nuevo para otros tantos… Aléjate de él, Gabriel, porque una vez hayas entrado, ya no podrás dormir, te quitará el sueño y verás cosas que se quedarán en tu retina para siempre, cosas de muy mal gusto… Lo que has visto hasta ahora, ha sido a un grupo de aficionados enrabiados… En el submundo del que te hablo, existen otras reglas que rigen el bien y el mal. Incluso la policía no se libra de ellas.

—Eres un romántico, Rojo.

—Soy lo que he vivido, nada más.

—Te comprendo —dije abrumado. Como Hämäläinen, Rojo buscaba venganza por haberle quitado la oportunidad de tener una vida corriente. Estaba decidido a tenerla —: Ahora que me has contado todo esto… supongo que me dirás lo que tengo que decirle a los medios, ¿verdad?

—No esperaba menos de ti, Caballero.

Rojo había trazado un plan de fuga perfecto sabiendo más de la cuenta: conocía los acontecimientos que se sucederían durante los días posteriores a nuestro encuentro. Las directrices fueron claras: el oficial me entregó un lápiz de memoria con un dossier de documentos extraoficiales que perjudicaban a la cúpula gobernanta y a la clase política regional. Además de cuentas de bancos en el extranjero, propiedades a nombre de empresas fantasma y conversaciones robadas de teléfono móvil, el policía me puso en bandeja los pasos a seguir, con las fechas de ejecución marcadas.
El espectáculo estaba servido.
La oposición se encontraba detrás de una conspiración poderosa para derribar al alcalde y los suyos. No obstante, ninguno de los políticos que sentaban el culo en las butacas de las Cortes, se libraba del fraude. La documentación adjunta no sólo salpicaba a la clase dirigente sino también, a las fuerzas y defensores estatales: policías, jueces, funcionarios públicos, directores de escuela, profesores de universidad... Una auténtica vergüenza. Rojo sólo me pidió que fuera cauteloso y jamás revelara mi fuente, pues no sólo ponía en peligro su existencia sino también la de quienes habían extraído la información de los sistemas de seguridad estatal. Entre tazas de café vacías, descubrí algo que me llenaría de satisfacción: Cañete se encontraba en un callejón sin salida,

el diario en quiebra y el partido de gobierno se encargaba de que siguiera a flote. Entonces lo entendí todo, la ausencia de cobertura por lo que sucedía, el ruido para tapar los escándalos.

Aquella memoria digital me pagaría unas buenas vacaciones, un recreo merecido. Había dudado de la confianza de mi amigo, una vez, pero tenía mis razones.

Rojo se despidió de mí en el aparcamiento del hostal playero. Subió a su Toyota Rav negro, bajó la ventanilla y me estrechó la mano.

—Cuídate y no te metas en líos —dijo—. Espero no verte en una buena temporada.

—¿A dónde irás?

—Ni idea —contestó—. Puede que pase unos días en Fuerteventura con mi hijo, antes de que comience la fiesta. Ya sabes, padre e hijo, desconectar de todo y evitar a la maldita prensa… Después, pienso a encontrar a ese cabrón, dalo por hecho… ¿Y tú?

Pensé en Blanca, que todavía dormía en la habitación.

—Me encuentro en un momento complicado de mi vida —contesté —, unas puertas se abren y otras no llegan a cerrar del todo.

—Déjate de cháchara y melodramas —interrumpió—. Esa chica, Blanca, está loca por ti. Te ha dado una segunda oportunidad. Ya te tiene que querer, así que no la cagues.

—¿Cómo contactaré contigo?

—No lo harás. Yo seré quien lo haga.

—Es tu naturaleza, ¿verdad?

—Velo por nuestra seguridad, eso es todo.

El coche arrancó.

—Una pregunta…

—La última —dijo.

—¿Cuál es tu verdadero nombre?

El oficial soltó una carcajada con forma de gruñido.

Puso primera y aceleró.

Regresé a la habitación y conecté el lápiz de memoria en el ordenador portátil de Blanca. Durante horas, leí los documentos. Era inimaginable su contenido, hasta el punto de pensar en eliminarlo y creer que no había sucedido. Son las situaciones de ese calibre las que diferencian al periodista veraz del interesado. ¿Cuáles eran mis intereses?, me pregunté.

Resultaba complejo sesgar, dejar a un lado lo banal sin caer en mi propio juicio sobre lo que era importante o no, y en función a qué. Existe una delgada línea que posiciona siempre a la persona que observa la realidad. La sociedad está equivocada cuando cree que el periodista es quien cuenta la verdad. En absoluto, todo lo contrario. Nuestra labor es otra, tan delicada como la de un cirujano.

Amputamos la información con sutileza, aproximándola lo más posible a la neutralidad, ese limbo imaginario llamado opinión objetiva, tal vez, colectiva, tal vez, social, pero distante de la realidad.

Cuando Blanca despertó entre las sábanas, Rojo había desaparecido y yo me encontraba dispuesto a hacer las maletas.

—Buenos días, preciosa —dije.

—Hola, guapo… —dijo semi desnuda, estirando los brazos—. ¿Qué haces despierto tan temprano? Me has abandonado.

—Me gusta amanecer pronto, como a las gaviotas. ¿Has

dormido bien?
—Mejor que bien.
—Hace un día estupendo.
Blanca miró al escritorio y a su ordenador.
—¿Has estado usando mi portátil? —preguntó intrigada.
—Tengo algo para ti, Blanca —dije mostrándole el lápiz de memoria.

El verano terminó, las playas quedaron vacías y los bañistas volvieron a hacer las maletas para formar colas interminables en el aeropuerto. La Ley me devolvió el apartamento y Blanca se encargó del resto. Seguimos el protocolo que Rojo nos había dejado y Blanca supo hacer su trabajo.

La noticia tomó forma de reportaje y fue vendido, por una gran suma, a uno de los diarios nacionales de más relevancia. Como se lo debía, me negué a firmar el trabajo y dejé que la carga cayera en Blanca Desastres. El impacto de aquella crónica cruda de cuatro páginas sin publicidad, le sirvió de trampolín para regresar a la capital con un contrato bajo el brazo. Blanca Desastres ya no sería una redactora más, sino que se codearía con un grupo de corresponsales y reporteros que trabajan para televisión y prensa escrita. En cuanto a nosotros, iniciamos un período nuevo en nuestras vidas. Decidimos darle una segunda oportunidad a una relación que, por las adversidades, pudo cuajar en un principio. Blanca se marchó a Madrid y yo le pedí unas semanas para amueblar las ideas, descansar y dedicar tiempo a terminar una historia sobre crímenes y chicas en biquini.

Tan pronto como la hube terminado, Blanca se encargó de moverlo entre sus círculos de amistades, llamando la atención de un editor reconocido de novela negra. A los pocos días de enviar el borrador corregido a Blanca, recibí una llamada telefónica. La conversación con aquel hombre de voz raspada y profunda, se plasmó en un contracto editorial en papel. Lo había logrado, mi primer libro.

La gente local comenzó a reconocerme en los diarios y las revistas de moda. El agente que me asignaron, no tardó en llevarme por programas radiofónicos y televisivos para que hablara de aquel éxito post-veraniego que tanto había gustado al país. En todas las entrevistas, me preguntaban si se trataba de una historia autobiográfica con aires de ficción, y yo, cobarde, les respondía que no, al mismo tiempo que me acordaba de Rojo, y de lo mucho que había tomado prestado de él, para dar vida al protagonista de mi cuento.

A finales de septiembre, decidí dar el gran paso y regresar a Madrid con la cabeza bien alta, afrontando las responsabilidades de la realidad. Los fines de semana se quedaban cortos y las semanas laborales se hacían eternas. El teléfono era un arma psicológica que no hacía más que mantenernos en espera, fríos, apagados, casi consumidos. Así que, harto y sin pensarlo demasiado, tomé un AVE en la estación de Alicante directo a Madrid. En una hora, llegaría a la estación de Atocha.

Blanca se había mudado a un nuevo apartamento cercano al antiguo matadero, entonces reconvertido en un invernadero de empresas y nuevos emprendedores. La zona no me disgustó en un primer momento. La llamé, pero no contestó, así que decidí activar el callejero y esperé en la cafetería que había junto a su portal. Tras pedir un café y dejar la bolsa de equipaje a mi lado, un camarero entrado en años, vestido de pajarita y camisa blanca, me llamó la atención a los segundos de entrar.

—Oiga, una pregunta, joven —dijo—. ¿No será usted escritor?

—Claro, hay muchos…

El hombre sacó mi novela del interior de la barra.

—En efecto, es el mismo que el de la foto —dijo mirando la contraportada—. Hacía años que no me enganchaba a

una lectura. ¿Me lo firma?
—Con mucho gusto —dije agarrando el bolígrafo. En la televisión había una noticia sobre una banda de narcotraficantes del Este —: ¿Cómo se llama?
—Manuel… El desayuno corre a cuenta de la casa —dijo, puso un vaso pequeño y lo rellenó de JB—. Esto también, claro…
—Muchas gracias.
—A usted —contestó—. ¿Y qué le trae por aquí?
—Mi chica vive en este edificio.
—Vaya… —dijo tocándose el mentón—. Qué buenas noticias, con suerte, le veré más a menudo…
—Tal vez, sea así.
—En este bar —arrancó —, Camilo José Cela desayunaba hace muchos años…
—Interesante, un escritor buscando su inspiración por el barrio —contesté.
—Pues si yo le contara, joven, la de cosas que han pasado.
—Siempre he pensado que los camareros son los mejores observadores —dije—. Mejores incluso que los que escribimos…
—Quizá me anime a escribir un libro yo también, y de paso, me pago la jubilación.
Había escuchado aquella frase cientos de veces.
—De momento, déjeme que le pague el desayuno.
—No —dijo poniendo la mano—. Es un honor… Ahora, eso sí, prometa que seguirá escribiendo.
—No lo dude —contesté—. Prométame usted que me seguirán publicando.
Cuarenta minutos más tarde, Blanca me recogió de aquel lugar y me subió al apartamento: un piso casi nuevo, con vistas bonitas y amplio salón. Al entrar, sin mucha conversación, me arrastró hacia el dormitorio, nos besamos e hicimos el amor con la misma intensidad que aquella noche de verano, un mes antes junto al mar.
Tras la ducha, Blanca me puso unas llaves junto a la mesilla.

—Son para ti.

Los meses pasaron y yo me acomodé a la capital, a sus bares, a ver desde la distancia a las chicas bonitas cambiar de atuendos; a simpatizar con lo local, con las formas castizas y los quehaceres de una ciudad que, como todos decían y nadie se equivocaba, nunca dormía. La vida nos sonreía a los dos. Blanca trabajaba sin descanso y yo tenía mis horas muertas para arrastrarme por Princesa, por sus bares de cócteles y sonrisas, dejando que el sol empañara mis gafas.

Una mañana fría y solitaria de marzo, preparaba una cafetera en la cocina cuando me disponía a escribir un artículo de opinión para un diario local. Sin más, el ordenador emitió un sonido. Una notificación avisó de que un correo entrante.

Uno de esos correos basura, pensé.

Como siempre, la curiosidad me venció.

Una vez puesta la cafetera al fuego, me acerqué al ordenador.

El emisor no indicaba nombre en el remitente.

Conté hasta tres y abrí el correo.

El pulso se me disparó, las manos me temblaron al clicar.

—No puede ser —dije en voz alta—. Lo has hecho.

Era un mensaje de Rojo.

Había dado con el paradero de su mujer.

SOBRE EL AUTOR

Pablo Poveda (España, 1989) es escritor, profesor y periodista. Autor de más de tres libros, incluyendo La chica de las canciones o Motel Malibu. Vive en Polonia donde escribe todas las mañanas. Cree en la cultura sin ataduras y en la simplicidad de las cosas.

Su obra:
El Profesor
El Aprendiz
La Isla del Silencio
La Maldición del Cangrejo
Sangre de Pepperoni
Motel Malibu
La Chica de Las Canciones

Puedes contactar con el autor en elescritorfantasma.com

Made in the USA
Middletown, DE
26 October 2017